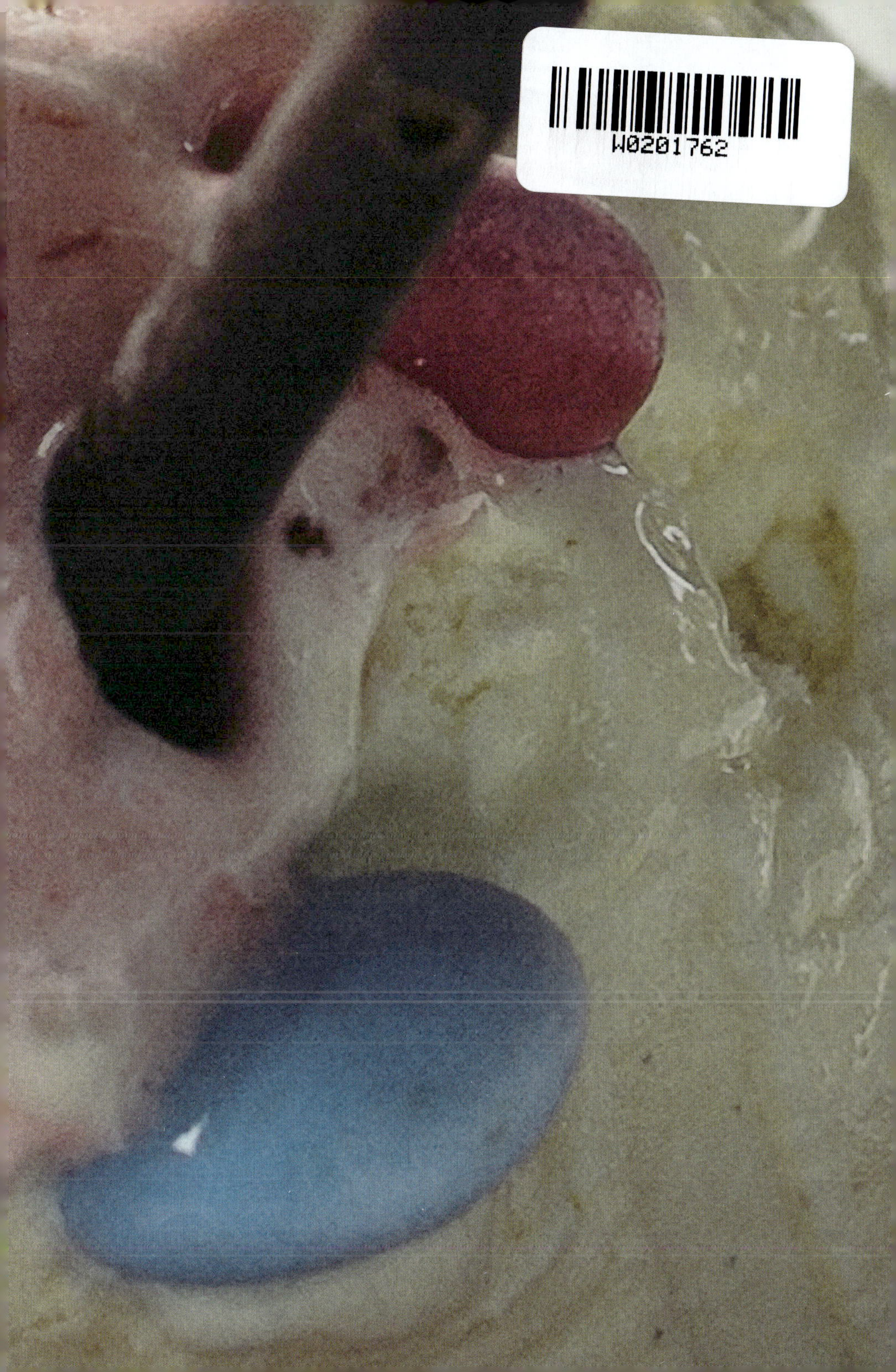

W0201762

MOSTRO

starfruit

LEONHARD HIERONYMI · CHRISTIAN METZLER

MOSTRO

PINOCCHIO-EIS IN DEUTSCHLAND

INHALT

7 **Die Kinder und die Kranken**
Leonhard Hieronymi

11 **Bunt, aber unsichtbar**
Christian Metzler

13 **Pinocchio-Eisbecher**
Christian Metzler

107 **Reisebericht**
Leonhard Hieronymi

178 Liste der 125 besuchten Eisdielen
184 Statistische Ergebnisse
188 Danksagung
190 Biografien

Die Drogen sind ein Gift, das alle tötet, auch die Alten, aber mehr noch die Jungen; es ist eine sehr süße Sache, wie Zucker, aber nicht genau. Zuerst macht sie dich glücklich, und dann wirst du blöd.«

Aus dem Schulaufsatz eines neapolitanischen Kindes

DIE KINDER UND DIE KRANKEN

Die Idee hinter diesem Buch ist: Es gab noch kein Buch über Pinocchio-Eisbecher in Deutschland, deshalb wollten wir eins machen. Jetzt gibt es ein Buch über Pinocchio-Eisbecher in Deutschland.

Wir hätten es auf verschiedene Weise tun können, haben aber gehofft, dass es sich selbst die richtige Form geben wird. Die Grenzen des Buches sind ein BMW, der Rhein, die Alpen, die Nordsee und die Ostsee, und so weiter. Sein Zeitraum sind neun Tage, sein Thema alles, was wir auf dem Weg von deutscher Eisdiele zu deutscher Eisdiele sahen, erlebten und besprachen. Seine Ängste sind Streit, Unfälle, Diabetes, Salmonellen und geistige Zerrüttung.

Auch wenn unsere selbstgewählte und künstlich erschaffene Aufgabe nicht den Anschein macht: Wir wussten, was wir taten und warum wir es taten. Christian und ich hatten kein Verlangen nach Abenteuern. Wir wollten in Eisdielen einkehren, Pinocchio-Eis bestellen, es erst fotografieren und dann essen. Wir wollten das so lange tun, bis eine edle Langeweile das Gefühl der Ohnmacht ablösen würde – so lange, bis wir glauben würden, in der morbiden Scheinwelt aus Speiseeis-Kreaturen gefangen zu sein. Christian erklärte mir vor der Reise: »Diese Figur ist abstrakt und widerwärtig und deshalb wollen wir sie archivieren. Wir machen das Buch, weil wir es haben wollen. Für uns ist es absolut sinnvoll. Das denkt ja auch jemand, der nach Spinnentieren sucht.«

Die Frage ist wirklich: Warum unternimmt jemand eine Expedition durch die Sahara oder wühlt mit dem Schleppnetz den Meeresboden auf und sucht nach Spinnentieren? Das ist dieselbe Frage. Die Frage *aller* Fragen. Welcher Impuls treibt uns zu solchen Taten? Warum reisen zwei Freunde in neun Tagen durch alle 16 deutschen Bundesländer und versuchen, 200 Portionen Pinocchio-Eis zu essen, so wie wir?

Egal, was es ist. Bei all diesen Expeditionen sollten wir die wahren Impulse erkennen und uns nicht etwas vorgaukeln. Wir sollten wissen, was wir tun.

Uns war bewusst, dass wir nur selten Eis-Figuren erhalten würden, die dem Bild des literarischen Pinocchio von Carlo Collodi entsprechen. Aber dass das Eis essende Kind nur selten ernst genommen wird und oft mit schaurigen Kreaturen vorlieb nehmen muss, die den Albträumen der *Erwachsenen* entspringen, das war uns, zumindest in diesen Dimensionen, nicht bewusst. Das Kind kann nichts dafür, es will einen lustigen und süßen Eisbecher. Aber anstatt das Eis liebevoll zu formen, gibt es zur Not einfach zusätzlichen Zucker in Form von Lutschern oder Smarties. Das Kind wird nicht ernst genommen, das Kind steht am Rande der Gesellschaft, so wie die Alten und die Kranken. Dem hilflosen und schwachen Teil der Gesellschaft wird selten umsonst eine schöne Freude bereitet.

Vor allem das Kind wird dadurch gefährdet. Es wird keine Rücksicht mehr darauf genommen, in welchen und mit wie vielen Bilderwelten Kinder aufwachsen. Es gibt zu viele Bilder für Kinder. Allein in Eisdielen müssen sie entscheiden zwischen Pinocchio, Pikachu, Schneemann oder Biene Maja.

In einer Eisdiele in Hamburg konnte ich nach unserer Reise beobachten, wie ein Kind – während es einen Eisbecher mit dem Namen »Schweini« aß – in den Armen seiner Großmutter kollabierte, überwältigt vom Zucker, überwältigt von Bildern.

Wir wissen, dass wir früher nicht so müde waren, nicht so erschöpft.

Die fatale Entwicklung, die die kindliche Seele in den letzten Jahren nehmen musste, ist uns während unserer Reise besonders deutlich geworden im Eiscafé *Dolce Vita* in Memmingen. Dort gibt es zwar noch immer den obligatorischen Pinocchio-Eisbecher, allerdings auch das »Dolce Phone«: einen Eisbecher, gefüllt mit Eiskugeln und Streuseln und Smarties – und das alles zu einem formlosen Haufen vermengt. Der Teller ist ein Handy mit Tastatur. Und dort, wo sich der Bildschirm befindet, liegt das Eis.

Das Kind betrachtet die Realität nur über die Ebene des Bildschirms. Es wünscht sich in der Realität, die ohne Zwischenstufe stattfindet, vielleicht keine Figuren mehr, keine Fiktionen. Das Kind wünscht sich nichts anderes als eine digitale Realität.

Wer Gegenteiliges behauptet, der lügt.

Leonhard Hieronymi

»Von allen Berufen auf der Welt gibt es nur einen einzigen, der mir gefallen könnte.«
»Und was für ein Beruf wäre das?«
»Essen, trinken, schlafen, mich vergnügen und von früh bis spät ein Vagabundenleben führen.«

Pinocchio im Dialog mit der sprechenden Grille
(aus: Carlo Collodi, *Die Abenteuer des Pinocchio*, 1883)

BUNT, ABER UNSICHTBAR

Ich beuge mich hinunter und betrachte die zersprungene Eierschale am Fuß der Trauerweide neben unserem Haus. Das, was aus ihr herausquillt, ekelt mich, aber ich bin neugierig und mutig, sechs Jahre alt, und suche auf dem Boden nach einem kleinen Ast – ich benötige ein filigranes Werkzeug für meine Untersuchung. Vorsichtig schiebe ich eine Hälfte der Schale zur Seite und ein kleiner Kopf kommt zum Vorschein. Die Augen sind deutlich zu erkennen, übergroß und in hellem mattem Blau, trotzdem scheinen sie geschlossen zu sein. Darunter ein kleiner Schnabel und der restliche Körper in einem intensiven Rosa. Ich betrachte den ungeborenen Vogel eine Weile und empfinde Mitleid.

Sein runder Kopf aus Erdbeereis, die Augen aus hellblauen Smarties – so glotzt er mich blind an, der Pinocchio in Duisburg. Warum er existiert, weiß er vermutlich genauso wenig wie sein Schöpfer. Gedanken- und lieblos erschaffen, in einen Becher gezwängt und serviert. Grotesk, aber faszinierend wirkt er auf mich. Farbenfroh, und damit gut getarnt für die Augen eines Erwachsenen. Aber ich habe ihn entdeckt und möchte nun mehr von seiner Sorte sehen. Ich wünschte mir, es hätte bereits ein Buch über Pinocchio-Eis gegeben, dann wäre uns das alles erspart geblieben.

Christian Metzler

PINOCCHIO-EISBECHER

Christian Metzler

Gelateria Tesoro
Oberursel
4,00 €

Eiscafé Cortina
Oberursel
4,00 €

Eiscafé Corona
Oberursel
4,00 €

Eiscafé San Marco
Kronberg
3,80 €

Eis Dolomiti
Königstein
4,00 € (5,00 €)

Eiscafe Italia
Königstein
4,00 €

Eiscafé Venezia
Limburg
4,50 €

Eiscafé Brustolon am Bahnhofplatz
Koblenz
4,00 €

Eiscafé Dolce Vita
Koblenz
5,00 €

Eiscafé Dolce & Gelato
Köln
5,00 €

Eiscafé Breda
Köln
4,00 €

Eiscafé Tentazioni
Köln
4,50 €

Eiscafé Raffaello
Köln
4,30 €

Eis-Cafe Roma
Düsseldorf
4,00 €

Eis-Cafe Pia
Düsseldorf
3,60 €

Eiscafé Crema
Duisburg
4,10 €

Eiscafé Bocconcino
Duisburg
4,10 €

Eiscafé Graziella
Gelsenkirchen
3,70 €

Eis-Café Mercuri
Gelsenkirchen
3,00 €

Eiscafe Europa
Bochum
3,80 €

Eis-Cafe Venezia
Bochum
3,30 €

Eiscafé Firenze
Münster
4,50 €

Gelateria Venezia
Vechta
4,00 €

Gino's Café
Vechta
4,50 €

Piazza Dolce Vita
Vechta
3,60 €

Eiscafé Colle
Visbek
3,80 €

Eiscafe Capri
Wildeshausen
3,00 €

Dolce Vita Eiscafé
Delmenhorst
4,50 €

Mini Eiscafé Mario
Bremen
2,50 €

Eiscafé Venezia an der Schnoortreppe
Bremen
5,00 €

Eiscafé Panciera
Bremen
4,00 €

Eis Livotto
Hamburg
2,60 €

Eiscafé Veneto im Billstedt Center
Hamburg
3,50 €

Eiscafé Veneto
Reinbek
3,80 €

Janny's Eis
Ludwigslust
2,40 €

Tutti Gusti
Ludwigslust
3,90 €

Eiscafe Rudolfo
Ludwigslust
3,50 €

Paolo Zambon Eisdiele
Neuruppin
4,50 €

il Gelato Eiscafé
Neuruppin
4,50 €

Eis Azzurra
Berlin
6,00 €

Eiscafé Venezia am Bassin
Potsdam
5,80 €

Eis-Caffè Dolce Vita
Lutherstadt Wittenberg
4,80 €

Eiscafé San Marco
Lutherstadt Wittenberg
4,00 €

Schlosspavillon Café Wittenberg
Lutherstadt Wittenberg
4,00 €

Eiscafé Adam
Kemberg
3,50 €

Gusto Italiano Eiscafé
Leipzig
4,40 €

NiceCream
Leipzig
4,90 €

Dolce Freddo Eismanufaktur
Leipzig
4,40 €

Eiscafé Millenium
Zeitz
3,70 €

Eiscafé Fabio Gelato
Gera
4,20 €

Eiscafé San Marco
Bindlach
4,10 €

eis cafe Venezia
Bayreuth
4,50 €

EIS/BAR
Bayreuth
2,90 €

Eiscafé Il Gelato
Bayreuth
4,50 €

Eis Opera
Bayreuth
5,50 €

Campo Eis
Nürnberg
3,50 €

Eiscafé Mosena
Zirndorf
3,70 €

Bäcker Schmidt Cafe
Roth
3,95 €

Eiscafé Primavera
Roth
3,80 €

Eis Cafe Cortina
Roth
4,00 €

Eiscafé Venezia
Weißenburg
3,90 €

Eis Café Dolomiti
Weißenburg
3,90 €

Eiscafé Rialto
Weißenburg
3,80 €

Eiscafe Venezia
Donauwörth
4,30 €

Cafe Raffaello
Donauwörth
6,00 €

Gelatissimo
Donauwörth
4,00 €

Eis Cafe Lorenzo
Donauwörth
4,50 €

Dolomiti Eiscafé
Augsburg
4,80 €

Otto's Eiscafé
Memmingen
4,00 €

Eiscafe Venezia
Memmingen
4,90 €

Mr. Eis
Memmingen
4,00 €

Dolce Vita
Memmingen
5,40 €

Eiscafé De Marco
Ulm
4,00 €

Eis Café Gelato Venetio
Ulm
4,20 €

Eiscafé Venedig
Stuttgart
4,50 €

Giulia Ice & More
Leonberg
2,80 €

Eiscafé Stefanello
Leonberg
4,50 €

Café ELLYS
Renningen
5,00 €

Gelateria Gioia
Friolzheim
5,00 €

Eiscafé Venezia
Pforzheim
4,00 €

Eis Café Rialto
Pforzheim
3,80 €

Eiscafe Cappuccino
Pirmasens
3,20 €

Eiscafé Messina
Homburg
3,50 €

Eiscafé Amore
Homburg
4,00 €

Eiscafe San Marco
Kaiserslautern
4,00 €

Eiscafe Dolomiten
Kaiserslautern
4,00 €

Eiscafé Milano
Alzey
4,20 €

Eiscafé Cortina
Mainz
4,50 €

Eis-Café De Gasperi
Frankfurt am Main
5,00 €

La Piazza
Frankfurt am Main
4,00 €

Gelateria Tesoro
Oberursel
4,00 €

REISEBERICHT

Leonhard Hieronymi

FREITAG
25. Juni 2021

Die Fahrt verzögert sich.

Um 7:03 Uhr schreibt Christian:

Ich muss leider noch mal um vermutlich eine Stunde nach hinten schieben. Ich habe einen kleinen Fehler entdeckt – an dem Projekt, das ich gestern abgegeben habe. Ich muss das noch korrigieren, bevor wir los können. Ich bin schon hart am Hustlen. Seit 3:00 Uhr. Das ist schon richtig asozial. Drei Dosen Red Bull ...

Eigentlich wollten wir um 9:00 Uhr los.

Um 9:59 schreibt Christian:

Also, ich hab's fast gelöst. Wenn's stimmt, brauche ich noch 'ne gute halbe Stunde, um's upzudaten, dann geh ich schnell duschen, pack die Sachen ins Auto, geh tanken, und dann hol ich dich ab, wird so 11:00 Uhr + ...

Ferdi und ich setzen uns um 11:00 Uhr auf eine Bank vor dem Haus und warten in der Sonne.

Ein Nachbar sieht uns dort sitzen. Er kommt über die Straße auf uns zu und erzählt etwas von den Vorkommnissen im hinter seinem Haus stehenden Altersheim *Ursulahof* und den nackten Frauen, die ihm nachts durch ihre bis zum Boden reichenden Fenster ins Zimmer schauen. Er erzählt von der koreanischen

Sekte, die auf der anderen Seite seines Hauses eine Kirche errichtet hätte. Wir nicken und warten weiter auf Christian, der für ein koreanisches Unternehmen arbeitet.

Und wir erzählen dem Nachbar nicht, was Christian und ich vorhaben.

Kurz vor 12:00 Uhr kommt Christian endlich in seinem 3er BMW. Wir packen die Sachen in den Kofferraum, die ich in Hamburg brauche: einen Schlafsack, zwei Tennisschläger, eine Kiste mit Büchern, einen Rucksack mit Klamotten und Laptop sowie drei Flaschen Apfelwein für Luis in Göteborg im August.

Ferdi begleitet uns auf dem Weg in die erste Eisdiele.

Im Auto frage ich Christian nach dem genauen Grund seiner Verspätung.

»Am Montag wurde ich spontan geimpft«, sagt er.

»Mit?«

»AstraZeneca. In der Nacht war ich richtig ausgeknockt. Dann konnte ich am Dienstag nicht das machen, was ich eigentlich machen wollte, also arbeiten. Und dann hat sich alles um einen Tag verschoben. Und dann hab ich gestern Abend angefangen, den ganzen privaten Scheiß hier zu ordnen, die Lampen am Auto zu reparieren und so weiter ...

Ich hab eben gerade noch Wischwasser aufgefüllt, und dazwischen hab ich so viel Scheiß gemacht: die ganzen Kameras sauber gemacht, alle Speicherkarten gecheckt, keine Ahnung. Ich hab zwei oder drei Stunden geschlafen und ich hab drei Red Bull getrunken. Und heute morgen hat es mir noch mal zwei Stunden geklaut, weil gestern ein Fehler bei der Arbeit passiert ist, und da ich das weitergeben muss, musste ich das heute noch korrigieren, weil die nächste Woche weiterrechnen wollen damit, das konnte ich nicht so lassen.«

»Um was ging's bei dem Fehler?«

»Es ging darum, welchen Einfluss die zu erwartende Steigerung der Produktivität auf die Preisentwicklung der kommenden Jahre nimmt«, sagt er und winkt ab. »Ach, es geht doch immer nur um Zahlen. Zahlen, Zahlen, und am Ende stimmt dann alles nicht, nur weil *eine* Zahl nicht stimmt.«

Wir parken in Oberursel oberhalb der Neurothstraße in der Adenauerallee und gehen an Dutzenden hessischen Teenagern vorbei, die dort Eis essen.

In der *Gelateria Tesoro* bestelle ich einen Pinocchio-Becher und einen Kaffee für Christian. Ich zahle und trage den Eisbecher und den Kaffee über die Straße in einen Park, wo Stühle der Eisdiele stehen. Christian fotografiert den Eisbecher, dann isst er kommentarlos das erste Pinocchio-Eis unserer Reise. Ferdi und ich schauen ihm dabei zu.

Über die Straße kommt Till, grüßt uns und bleibt vor dem Aluminiumtisch stehen. Er war beim Augenarzt, sein Auge sei nachts stark angeschwollen, jetzt sei er auf dem Weg zur Apotheke. Till ist erstaunt darüber, uns hier zu treffen.

Er sieht das Eis und fragt, warum wir Kindereis essen.

Wir erklären ihm, dass wir vorhaben, innerhalb von neun Tagen alle 16 Bundesländer zu besuchen und in allen Eisdielen auf unserem Weg Pinocchio-Eis zu bestellen, zu fotografieren und zu essen. Wir erklären ihm, dass unser Ziel eigentlich 200 Portionen sind. (Auch wenn ich das nicht mehr für möglich halte. Wir haben ja jetzt schon drei Stunden Verspätung.)

Till lacht und fragt mich dann noch einmal, was ich in Oberursel machen würde. Ich verstehe erst nicht, warum er nochmal fragt, aber dann merke ich, dass er uns die Geschichte nicht abkauft und sage:

»Wir machen das *wirklich*. Wir starten hier und kommen nächsten Samstag wieder.«

Daraufhin lacht Till erneut, weil die Nachahmung des Witzes noch witziger ist als der Witz selbst.

Wir laufen die Adenauerallee hinauf in die Vorstadt. Im *Eiscafé Cortina* bestelle ich das nächste Pinocchio-Eis. Ferdi und ich erinnern uns an unsere Oma, die hier immer saß und uns zwölf Enkeln im Vorübergehen Fünf-Euro-Scheine zusteckte.

Ich esse das Eis komplett auf, jeden Streusel und die Waffel. Vielleicht bringt das Glück. Weil Glück das ist, was wir brauchen.

Wir gehen zurück zu den geparkten Autos und fahren die Hohemarkstraße hinauf, der Altkönig und der Feldberg bei klarem Wetter vor uns.

Im *Eiscafé Corona* sitzt neben uns eine Frau und bestellt Toasts und Kaffee und Cola und wartet auf ihren Mann.

Wir bestellen Pinocchio-Eis. Ferdi isst es. Wir hoffen, auf der Reise mehrere solcher Abnehmer zu finden.

»Kommst du noch mit nach Kronberg?«, fragen wir Ferdi.

»Ja«, sagt er.

Die ersten 15 Euro sind weg. Noch sind wir nicht sonderlich großzügig mit Trinkgeld. Wir wissen nicht, wie lange die 1.000 Euro reichen werden, die ich ein paar Tage zuvor in zwei Fünf-Euro-Schein-Bündeln zu je 500 Euro auf der Commerzbank in Eppendorf abgehoben habe.

Diese 1.000 Euro Vorschuss vom Verlag sollten reichen, um Benzin, Eis, Übernachtungen und Verpflegung zu bezahlen.

In Kronberg dann der erste skeptische Blick einer Bedienung aufgrund unserer Bestellung.

Zwei Frauen am Nebentisch unterhalten sich angeregt in breitem Frankfurter Dialekt über die Fußgängerzone in Oberursel, in der wir eine halbe Stunde zuvor im *Eiscafé Cortina* gesessen sind. Es ist warm, ein Sonnenschirm spannt sich über uns und bewegt sich im Wind.

Peter Handke hat hier gewohnt und Josef Ackermann.

Dieses Mal muss ich den Eisbecher auflöffeln, weil sonst die Reihenfolge zwischen Christian und mir nicht mehr stimmt.

Beim Verlassen der Eisdiele tippt mir eine Frau auf den Rücken – sie will wissen, was auf meinem T-Shirt steht. Ich kann es ihr nicht sagen, denn es sind arabische Schriftzeichen, aber weil vorne WETTER steht, vermute ich, dass hinten auf Arabisch auch WETTER steht.

Die Frau macht ein Foto von der Rückseite meines T-Shirts und schickt es ihrem Mann, der die Schriftzeichen übersetzen soll, weil er Arabisch kann.

Zehn Minuten später hält sie mit ihrem Auto neben unserem, lässt die Fensterscheiben runter und sagt: »Es heißt: *Wetter*.«

Das Wort WETTER ist schön.

Das Wetter ist schön.

Wir mögen den Taunus.

Dann fahren wir rüber nach Königstein.

Bei *Eis Dolomiti* kommt es zu ersten Problemen. Man möchte Christian den Pinocchio-Becher nicht verkaufen, da der nur für Kinder sei. Christian bietet ihnen statt der geforderten vier Euro einen Euro mehr und sie nehmen das Angebot sofort an – aber nur, weil der Chef nicht da ist.

Das sorgt für Diskussionen zwischen uns, vor allem über das weitere Vorgehen in ähnlichen Situationen, und wie wir es künftig besser anstellen können.

Ferdi verabschiedet sich und fährt nach Hause. Ich sage ihm noch: »Lass mich nicht alleine!«, aber er lacht nur, grunzt und ist weg.

Durch die schmale Königsteiner Einkaufsstraße weht angenehme Mittagsluft aus dem Wald.

Wenige Meter neben dem *Dolomiti*, die Hauptstraße hoch, bestelle ich im *Eiscafé Italia* ein Pinocchio-Eis zum Mitnehmen. Sicherheitshalber behaupte ich gegenüber den zwei Mitarbeitern hinter der Eistheke, das Eis sei für ein draußen auf mich wartendes Kind.

Als es fertig ist, fragen sie:

»Es ist *doch* für dich, oder?«

Ich kann nicht lügen und sage: »Ja«.

»Dann mach ich die Nase größer vom Pinocchio«, sagt einer von ihnen.

Ich lache und ziehe meine Atemschutzmaske ab, damit er meine eigene große Nase sehen kann. Gleichzeitig trage ich eine Kappe, auf der auf Deutsch der Imperativ des Wortes »Lesen« steht. Hoffentlich kann er kein Englisch.

Wir fahren durch den Taunus nach Bad Camberg. Vorher – in Brechen – stelle ich mich ans Ortseingangsschild und sage in die Kamera von Christian:

»Eins geht noch, aber ich glaube, dann muss ich kotzen.«

Ein getuntes Auto fährt vorbei und hupt.

Christian geht zurück zum Wagen und ich pisse ins Gestrüpp am Rande eines Supermarktparkplatzes.

Ein paar Minuten später bestellt Christian in Bad Camberg einen Kinderbecher und bekommt eine überdimensionale Waffel, die bis zum Rand mit Sahne, Smarties und Eis gefüllt ist. Es ist heute bereits seine fünfte Portion, und auch die isst er komplett auf, weil er seinen Fehler bereut. Der Fehler bestand darin, dass er nicht gefragt hat, wie der auf der Karte ausgeschriebene »Kinderbecher« aussieht. Und jetzt ist es eben kein Pinocchio, sondern einfach eine Wundertüte. Wir müssen uns angewöhnen, zu fragen, ob das Kindereis auch in Pinocchio-Form kommt.

Auf dem Parkplatz in Bad Camberg spielen wir mit unseren Geldbündeln und drehen kleine Videos, wie sie aus den Taschen unserer Jeans platzen.

Über die Landstraßen fahren wir nach Limburg. Wir stehen im Feierabendverkehr und schimpfen auf die verlorene Zeit. Auf gelben Schildern an ihren schmucklosen Häusern verlangen Anwohner den Bau einer Umgehungsstraße.

In Limburg stellen wir das Auto ins Parkhaus und laufen durch die Innenstadt ins *Eiscafé Venezia.*

Der Pinocchio dort hat industriell vorgefertigte Augen aus weißer Schokolade, auf die mit dunkler Schokolade Pupillen und Wimpern gezeichnet sind. Wir bestellen Toasts mit gegrilltem Gemüse. Die winzige Salatbeilage löst eine sehr seltsame Reaktion auf unseren zuckerbelegten Zungen aus.

Wir trinken kleine Biere, es ist früher Abend. Die Menschen bereiten sich aufs Wochenende vor.

Wir fahren an Montabaur vorbei und direkt nach Koblenz.

Hinter einer Kurve auf der A 48 sehen wir den Rhein. Er glitzert. Der Weg biegt nach links ab und führt am Rheinufer entlang bis zur Pfaffendorfer Brücke. In Koblenz parken wir am Bahnhof, gehen ins *Eiscafé Brustolon am Bahnhofplatz* und essen schnell einen Pinocchio. Langsam stellt sich eine Art Routine ein.

Es wird immer wärmer, wir sind in der Stadt zwischen Beton und nicht mehr im kühlen Taunus. Vor der Reise haben wir uns vorgestellt, das Eis würde uns selbst in den warmen Sommernächten herunterkühlen und wir abends anfangen, zu frieren, aber das waren falsche Vorstellungen.

Weil Johanna und Carl in Köln auf uns warten, gehen wir im Laufschritt ins *Löhr-Center*, aber das dortige Café hat bereits geschlossen. Auf der anderen Straßenseite setzen wir uns deshalb ins *Eiscafé Dolce Vita*. Uns wird ein Pinocchio serviert, der für Kinder nicht geeignet ist: Ein in seinem Sterbebett liegendes, blutrotes Monster.

An der anderen Seite des Rheins stört sich niemand mehr daran, dass zwei erwachsene Männer Kindereisbecher bestellen. Wir bekommen sie sofort und ohne Nachfragen – ohne weitere Umstände.

Wir lassen die geplanten Stationen Neuwied, Andernach, Königswinter und Bonn hinter uns und fahren direkt nach Köln.

Wir gehen nicht ins *Eiscafé Monna Lisa* in Neuwied, nicht ins *Eiscafé Dolomiti* und nicht ins *Eiscafé Belluno*, auch nicht ins *Eiscafé Bruno* in der Drachenfelsstraße in Königswinter, nicht ins *Eiscafé La Dolce Vita* in Bonn und nicht ins *Eiscafé Da Vinci* am Kaiserplatz, wir gehen nicht ins *Eiscafé Alcedo*. Und trotzdem stehen sie alle auf unserer Liste und wir sind traurig darüber, dass sie auf der Strecke bleiben.

In Köln parken wir das Auto in einem Parkhaus, laufen in die Aachener Straße und klingeln bei »Hieronymi«.

Wir setzen uns im fünften Stock auf die große Terrasse von Johanna und Carl und lassen uns mit Bier bedienen. Erst wollen wir nicht über unsere Aufgabe reden, tun es dann aber trotzdem.

Eigentlich wollen wir abends nur dasitzen und kaltes Bier trinken und über nichts nachdenken. Aber das funktioniert nicht, wenn man zu Gast bei Freunden ist.

Zu viert laufen wir eine halbe Stunde später durch das belgische Viertel und die ersten Eisdielen schließen vor unseren Nasen. Wir bekommen noch eine Portion, die sich Johanna und Carl teilen. Christian und ich schauen ihnen erleichtert zu.

Carl vermutet, die Eisdiele von Lukas Podolski könnte Pinocchio-Becher haben. Aber schon jetzt ist uns klar, dass Eisdielen mit dem Wort »Cream« im Namen aus ihrem sogenannten Qualitätseis keine Kinderfiguren formen.

Gegenüber von Podolskis Eisdiele (die keinen Pinocchio hat) bestellen wir Pizza zum Mitnehmen. Wir kaufen Bier in einem Kiosk und setzen uns auf die Fensterbank einer Optikerfiliale.

Es geht um Diabetes, aber wir glauben nicht, dass wir innerhalb von neun Tagen erhöhten Zuckerkonsums an so etwas erkranken werden.

Wir sprechen viel über salziges Essen und über Essen im allgemeinen, was uns seltsam vorkommt. Uns ist nicht schlecht, unseren Mägen geht es gut. Wir vertragen Milch. Wir haben keine Laktoseintoleranz-Tabletten dabei, wir haben Zink und Pillen von Doppelherz in den Rucksäcken.

Zurück bei Johanna und Carl legen wir uns im Arbeitszimmer der beiden ins Bett. In den frühen Morgenstunden sind draußen große Notarzt- und Polizeieinsätze zu hören.

Wir schlafen schlecht und glauben, dass der Zucker unsere Träume zerstört. Wir sind unglücklich und glücklich.

SAMSTAG
26. Juni 2021

Am nächsten Morgen überrascht uns Carl mit »Überbackenen«, über die wir in der Nacht zuvor noch geredet haben. »Überbackene« sind halbierte und mit Käse belegte Laugenbrötchen, die man für ein paar Minuten in den Ofen schiebt. Es gab sie in der Mensa unserer Schule.

Carl will uns noch eine Eisportion abnehmen, wir gehen hinunter, laufen durch das Hahnentor und zu dem Eiscafé, das uns in der Nacht zuvor die Türen vor der Nase zugeschlagen hat.

Am Neumarkt sehen wir eine umgedrehte Eiswaffel, die an der Kante eines Hauses klebt und erkennen darin ein Zeichen, das uns ans Weitermachen gemahnt.

Überall sind Eiscafés in Köln.

Im zweiten schaut uns Carl zu. Ein Freund von ihm kommt zufällig vorbei und hat schon von uns gehört. Er feuert uns an und muntert uns auf.

Am Dom sitzen wir wenig später in einer Eisdiele und auf der Eiskarte gibt es keinen Pinocchio-Becher. Deshalb fragen wir die Bedienung, ob sie uns statt des Schneemanns, der dort abgebildet ist, einen Pinocchio machen kann. Die Bedienung trägt ein Ronaldo-Trikot, aber sie kann uns den Pinocchio, so leid es ihr tut, nicht bringen:

»Ich würde ihn euch machen. Aber ich kann ihn euch nicht basteln, der Chef ist da.«

Wir schauen traurig.

»Ich frage den Chef«, sagt sie.

Die Bedienung kommt zurück und sagt, dass ihr Chef es erlaubt hat. Sie zeichnet mit dem Stift einen kleinen Pinocchio als Bauanleitung und schickt die Bestellung mit ihrem Bestellgerät in die Eisdiele.

Als wir bezahlen, sagen wir, dass wir hoffen, dass es CR7 machen wird bei der Europameisterschaft.

Sie lacht und legt uns den Bestellschein mit dem gezeichneten Pinocchio zum Wechselgeld und wir freuen uns.

Stimuliert von kleinen Zuckerschüben gehen wir zurück in die Aachener Straße und klingeln wieder bei Hieronymi. Wir setzen uns auf die Terrasse und trinken Bier – und sind jetzt schon erschöpft.

Ich erinnere mich an Alissa und schicke ihr eine Nachricht. Christian wollte nämlich vor zwei Wochen im Internet eine Duffle Bag kaufen, damit wir dort die Geldscheine und alle anderen Utensilien reintun können, die wir benötigen, um in neun Tagen 200 Pinocchio-Eisbecher in 16 Bundesländern zu essen – was sich ja schon gestern als unmöglich herausgestellt hat.

Er hat dann ein Angebot von Alissa in 28199 Neustadt gefunden, die, so der Titel ihres Angebots, eine »Transparente durchsichtige Tasche silber Umhängetasche« anbietet. Das ist zwar keine Duffle Bag, aber ich war einverstanden. Ich will auch, dass man unsere Scheine sehen kann. Und dass wir die Scheine nicht einfach in einen Plastikbeutel stecken müssen, wo man sie nicht sieht, denn das wäre ja witzlos. Ich habe Christian geschrieben:

Jeder soll das Geld sehen.

Alissa aber ist von Anfang an misstrauisch, weil Christian ihr schreibt:

Hi Alissa, ich hätte Interesse an der Tasche für meinen Freund. Er würde sich sehr freuen. Er benutzt sie gerne als Portmonee, um zu zeigen, wie reich er ist, wenn er in der Stadt unterwegs ist und Pinocchio-Eis kauft. Wie viel kostet der Versand?

Nach einigem Hin und Her (Versandkosten: 3,80 Euro) schreibt Alissa:

Bist du denn auch wirklich interessiert?

Und Christian antwortet:

Ich verstehe die Frage nicht. Ja. Natürlich. Du musst sie auch wirklich abschicken.

Dann erklärt sich Alissa endlich bereit, die Tasche sogar versichert und mit Sendungsnummer abzuschicken.

Und Christian schreibt:

Nein, ich vertraue dir. Du wirkst vertrauenswürdig. Menschen mit transparenten Taschen haben ja nichts zu verbergen.

Das ist eigentlich der Punkt, wo man Christian spätestens ins Herz geschlossen haben müsste. Und man müsste auch spätestens an diesem Punkt verstanden haben, dass er den Kauf lustvoll und lustig unternimmt, und dass die Sache nichts mit irgendeiner Form von Ironie zu tun hat. Aber ausgerechnet JETZT fängt Alissa an, so richtig zu zweifeln:

Okay, naja, klingt alles nicht so ernst, was du oben geschrieben hast. Aber mir soll's egal sein, was man mit der Tasche macht.

Christian stimmt ihr zu und bittet Alissa um ihre IBAN, aber dann kommt keine Antwort mehr.

Zwei Stunden später schreibt Christian:

Du kannst jetzt keinen Rückzieher machen, ich hab sie ihm schon gezeigt und versprochen.

Mit »ihm« meint er mich. Und das hat er wirklich.

Darauf Alissa:

Nein, tut mir leid, ich trete vom Verkauf zurück, das ist mir hier zu unseriös. Viel Erfolg noch bei der Suche und einen schönen Abend.

Christian ist wütend und schreibt mir:

Sie tritt vom Verkauf einer Plastiktasche für 10 Euro zurück, weil es ihr zu unseriös ist, wenn du da Geld rein machst, wenn wir Pinocchio-Eis kaufen. Kommst du klar auf die Welt? Es regt mich schon wieder auf. Bitte kauf du sie, es geht jetzt nicht mehr ohne die Tasche. Du kaufst sie und wir stopfen Geld rein und machen ein Foto und schicken es ihr, damit sie sieht, dass wir keine Scherze machen.

Danach versucht es zunächst Christians Freundin Jana und bietet Alissa 25 Euro für die Tasche, was Alissa noch stutziger macht. Als Jana sie endlich so weit hat und ihr Christians Adresse in Oberursel gibt, damit sie die Tasche dorthin schicken kann, merken wir, dass Alissa aufmerksamer ist als gedacht:

Du bist doch derselbe wie vorhin!!

Deshalb habe ich ein paar Tage später noch einmal versucht, die Tasche unter dem Decknamen »Leonie« von Hamburg aus zu kaufen. Alissa ist zwar einverstanden, aber noch eine Woche im Urlaub oder »unterwegs«. Eine Woche später schreibe ich ihr wieder, aber sie ist noch immer nicht zurück in Neustadt, also lege ich die Verhandlungen auf Eis.

Und jetzt, zwei Wochen später, hat Alissa die Tasche immer noch im Angebot und weil wir morgen in die Nähe von Neustadt kommen werden, versuchen wir es zum vierten Mal bei ihr und sind gespannt.

Wir verabschieden uns von Carl und Johanna, packen unsere Sachen und gehen zum Parkhaus. Wir zahlen 25 Euro fürs Parken, stehen auf dem obersten Deck, schauen noch einmal auf Köln und schwitzen. Dann fahren wir nach Düsseldorf.

In der Tiefgarage *CONTIPARK* in Düsseldorf stoppe ich die Zeit, die Christian braucht, um aus dem Auto zu kommen. Er drückt den BMW in eine schmale Lücke und kann nicht durch die Fahrertür aussteigen. Christian schaut eine Weile auf sein Handy, steigt dann über die Beifahrerseite aus, geht um das Auto herum und schließt das Auto auf der Fahrerseite zu, weil die Zentralverriegelung des BMW nicht funktioniert.

Dann merkt er, dass er die Kamera im Auto vergessen hat, steigt wieder über die Beifahrerseite ins Auto, und der ganze Vorgang wiederholt sich.

Am Ende sind es sieben Minuten!

Wir streiten ein bisschen. Die Ratlosigkeit endet manchmal in Hast.

Direkt am Rhein finden wir im *Eiscafé La Luna* ein Kindereis für 9,90 Euro. Wäre es eine Pinocchio-Figur gewesen, hätten wir sie genommen.

Weil wir keine Zeit haben, um im Supermarkt Wasser zu kaufen, trinken wir, sobald notwendig, in jeder zweiten oder dritten Eisdiele eine kleine Flasche San Pellegrino oder ein alkoholfreies Bier. Das schmälert den Stapel mit den Fünf-Euro-Scheinen ziemlich schnell, aber es gibt im Moment keine Alternativen.

In den Eiscafés *Pia* und *Roma* fühle ich mich von den samstäglichen Menschenmassen so gestresst, dass ich alles anzweifle. Christian ermahnt mich.

Wir laufen die Kö herunter, ich kenne mich nicht aus und weiß nicht, was sie ausmacht. Düsseldorf gegenüber bin ich jetzt ignorant, obwohl es mich auch interessiert, aber die Aufgabe sagt: Es ist keine Zeit für Tourismus. Wir dürfen uns Deutschland nicht anschauen.

Wenig später sitzen wir schon wieder im Auto und fahren nach Duisburg. Nach zwei Fehlversuchen finden wir im *Eiscafé Crema* den sogenannten »Ur-Pinocchio«, der Christian auf die Idee gebracht hat, in ganz Deutschland diese verfremdeten Pinocchio-Eisbecher zu archivieren: Pinocchio im deutschen Exil.

Im *Eiscafé Bocconcino* antwortet endlich Alissa:

Hey leider bin ich da nicht da :(

Wir sind ein wenig enttäuscht und auch wütend. Man erzählt den Menschen die absolute Wahrheit und sie glauben, es sei eine Lüge. Was wahr ist, ruft den Eindruck des Falschen hervor.

Es wird immer wärmer. Wir haben heute schon mehr als 20 Euro für Getränke in Eiscafés ausgegeben.

In Gelsenkirchen ist die Stimmung gut. Wales spielt gegen Dänemark, die Kinder rennen durch kleine Fontänen und alle essen Eis. Der Effekt, der sich schon am zweiten Tag einstellt, ist der, dass man glaubt, das ganze Land würde aus Eis essenden Menschen bestehen. Alter, Nation und Gesundheitszustand sind in all ihren Formen vorhanden.

Nur die Intellektuellen fehlen.

20:00 Uhr in Bochum. Wir gehen ins *Eiscafe Europa*, trinken alkoholfreies Bier und essen Pinocchio. Anschließend gehen wir ins *Eis-Cafe Venezia* und essen noch einen.

Christian isst heute fast alle Portionen. Er isst sehr schnell und will die vergeudete Zeit von gestern und in der Tiefgarage von Düsseldorf wieder gut machen.

Holsterhauser Straße in Bochum – wir streiten. Christian steht nach sieben oder acht Pinocchio-Eisbechern schon richtig neben sich. Ich muss alle Überredungskünste aufwenden, damit wir jetzt nicht noch nach Dortmund fahren, sonst kommen wir erst nach 23:00 Uhr in unserem Hotel irgendwo in der Pampa an.

»Morgen hörst du endlich mal auf mich, da essen wir noch mehr Eis«, sagt er.

»Ich hör immer auf dich«, sage ich.

Wir fahren so schnell wie wir können zum Hotel in der Peripherie von Münster. Staub liegt über den Feldern, die Sonne geht unter. Alles flach, flach, flach. Wir parken am Straßenrand neben einer Schafherde.

»Gibt es für uns noch was zu essen?«, fragen wir den Koch und Hotelbesitzer.

»Nein!«, ruft er empört, als seien wir dran schuld – als hätten wir ihm bereits alles weggefressen.

»Nicht mal was Kaltes?«

»Nee! Die Küche ist fast sauber.«

»Dann holen wir uns die Kohlenhydrate eben mit Bier«, sage ich scherzhaft, aber der Gag erreicht ihn nicht.

»Gibt es wenigstens noch Getränke?«, frage ich, obwohl ich gesehen habe, dass draußen im Biergarten 30 Leute sitzen.

»Das wäre noch machbar«, sagt er leise.

Er ist ein Arschloch.

Der Koch und Hotelbesitzer geht mit Christian in den ersten Stock und zeigt ihm das Zimmer.

Ich bestelle zwei große Bier und setze mich draußen an einen Tisch. Drinnen schmeißen mehrere Leute mit Kugeln Kegel auf der genormten Kegelbahn ab.

Christian kommt runter und sagt, der Typ sei furchtbar. Dann erklärt er sich dazu bereit, in irgendeinem Imbiss in der Nähe Sandwiches zu holen, bevor alles zumacht.

In der Zwischenzeit trinke ich die zwei großen Biere. Als Christian mit Falafel wiederkommt, ist das – nach dem ganzen Zucker – zuerst das Leckerste, was ich jemals gegessen habe. Aber schon beim zweiten Bissen merke ich, dass der Inhalt des Brotes nur aus einer Dose angemachtem Krautsalat besteht. Alles fällt uns auf die Hosen, die eh schon schmutzig von Milcheis sind.

Wir denken über Milch nach, und dass in Milch Eiter drin ist.

»Der Kerl in dem Laden hat noch nie Falafel gemacht«, sagt Christian. »Und die Chefin konnte es ihm nicht zeigen, weil sie damit beschäftigt war, vier Pizzen mit doppelt Dönerfleisch und Sauce Hollandaise in den Pizzaofen zu schieben.«

Ich werde betrunken und will aufstehen, um einen Mann aus seinem im Stand laufenden Auto zu zerren, weil er damit die Umwelt zerstört, aber dann mir fällt ein, dass wir selbst Auto fahren, und das durch ganz Deutschland! Der Mensch soll verrecken.

Im Zimmer schauen wir dann aus dem Fenster ins Dorf. Direkt neben dem Fenster leuchtet ein Schild mit Logo und Namen des Hotels. Das Logo ist ganz pixelig. Die Pixel ergeben zusammen einen Pferdefuhrwagen und ein Pferd.

Auf dem Bett sitzend zählen wir die Fünf-Euro-Scheine. Wir haben in den ersten zwei Tagen schon 350 Euro ausgegeben, was uns ein bisschen stutzig macht.

Wir schalten den Fernseher an und wieder aus. Dann richtet der Zucker wieder sein Unheil an in schlafloser Nacht …

SONNTAG
27. Juni 2021

Christian öffnet die Augen:

»Es gibt momentan niemanden auf der Welt, der so gut darin ist, das zu machen, was wir gerade machen. Ich würde mich sogar als den Weltbesten einschätzen – und dich als den zweitbesten der Welt.«

Ich bestätige seine Vermutungen. Christian isst etwa drei Viertel aller Eisbecher, ich ein Viertel. Was ungefähr fünf zu 15 Kugeln pro Tag ausmacht. Aber niemand ist darin besser als wir. Niemand sonst macht das, was wir machen. Vielleicht hat noch nie jemand das gemacht, was wir gerade machen. Wir sind Pioniere, und das auf einem fragwürdigen Gebiet.

Ein paar Monate vor der Reise haben wir geschaut, wie man mit den bunten Kugeln ins Guinness-Buch der Rekorde kommen kann, aber das ist sehr kompliziert und verlangt eine Planung, die monatelang dauert und mit viel Papierkram verbunden ist, was nicht unsere Sache ist.

Beim Aufstehen in Handeloh fühlen wir uns schwach. Ich zittre, denn uns fehlen Nährstoffe. Wir trinken und essen viel zu wenig. Bei unserer Suche nach dem Pinocchio-Eis finden wir fast keine Möglichkeiten, diese inzwischen zur Routine gewordene Suche zu unterbrechen.

Christian hat Pillen von Doppelherz dabei, die zusätzliche Nährstoffe in Form von Vitamin C, Zink und Vitamin E 400 enthalten. Ich habe Pulver von Tetesept dabei, ebenfalls mit Vitamin C und Zink, und außerdem Histidin.

Nach dem Duschen trinken wir jeder einen Liter Leitungswasser und essen Nüsse. Wir nehmen Histidin und Zink und Vitamin C und fahren nach Münster.

Die Altstadt von Münster ist verwaist. In den Cafés sitzen Studenten. In einer Bäckerei bestellen wir zwei große Portionen Rührei und mit Käse belegte Brötchen. Ein Mann mit blondem Pferdeschwanz, zwei Meter groß, Typ Surfer, macht Witze mit den Bedienungen, die eigentlich nur aus groben Aussprüchen bestehen.

Wir laufen die Eisdielen ab, die meisten haben noch geschlossen oder kein Pinocchio-Eis. Im *Eiscafé Firenze* endlich macht uns die Bedienung einen Eisbecher, der in etwa dem entspricht, was wir von einem Pinocchio verlangen. Er hat Augen aus Amarena-Kirschen.

Langsam glauben wir, dass Männer Pinocchio verhunzen und Frauen sich Mühe geben und ihn sehr liebevoll gestalten.

Die meisten Pinocchio-Becher bestehen aus den Geschmacksrichtungen Vanille und Erdbeere. Die Basis besteht aus einer größeren Eismasse, diese funktioniert als Körper. Oben drauf sitzt meist eine kleinere Kugel als Kopf. Um den Raum des Tellers zu füllen, wird Sahne als Fundament gesprüht und darauf bunte Streusel oder Smarties gestreut. Smarties dienen auch als Material, um das Gesicht zu formen. Der Hut der Figur besteht entweder aus einer herkömmlichen Waffel oder aus einer pappigen Softeiswaffel, deren Spitzen oft mit einem Messer durchtrennt werden. Die kleine, abgetrennte Spitze wird dann als Nase verwendet –

aber nur, wenn keine anderen Materialien vorhanden sind (wie zum Beispiel Stäbchen aus Minzschokolade, kleine Gebäckröllchen, oder dünne, mit Schokolade überzogene Stängel, die zum Kaffee serviert werden.) Häufig wird die fertige Figur entweder mit Schokoladen- oder Erdbeersoße garniert – selten auch mit anderen Fruchtsoßen. Zusätzliche Gimmicks in Form von Gummibärchen, Lutschern, Erdbeer- oder Ananasstückchen sind eher die Ausnahme als die Regel.

Nie sieht der Eisbecher allerdings so aus wie in der Eiskarte. Wir werden das Buch »MOSTRO« nennen – das italienische Wort für MONSTER.

Wir sind von Münster enttäuscht und verlassen die Stadt. Vielleicht sind Sommerferien, jedenfalls ist nichts los. Es ist schon wieder Mittagszeit und wir haben erst einen Pinocchio gefunden. Unsere hochgesteckten Ziele brechen in sich zusammen. Für 200 Eis hätten wir drei Wochen Urlaub nehmen müssen, das ist uns gleich am Freitag klar geworden. Danach sind schnell hintereinander die Marken 150 und 120 gefallen, und jetzt, am dritten Tag, stürzen auch schon die magischen 100 in sich zusammen.

»Du hast doch Logistik studiert«, sage ich zu Christian.

»Ja, aber doch nicht zu Ende«, sagt er.

»Es funktioniert logistisch nicht. Für den Verzehr von 200 Pinocchio-Bechern müssten die Eisdielen alle nebeneinander liegen, und bei zehn Stunden Eisessen am Tag dürften wir uns nicht mal eine halbe Stunde mit einer Portion aufhalten – aber mit allem Drum und Dran: Bestellen, Warten, Fotografieren, Eis essen, Zahlen, und die nächste Eisdiele suchen. Und dann sind wir immer noch nicht *gefahren.*«

Wir kurven eine Weile durch Westfalen und hören Trance. Wenn wir Autofahren, sind wir glücklich, aber wenn wir in den

Städten anhalten und aussteigen müssen, sind wir unglücklich und seufzen.

Aber mit Christian werden auch die Autofahrten zu etwas unnatürlich Angespanntem, weil er *Exploration of Space* von Cosmic Gate und andere Trance-Klassiker auflegt.

Wir sind also auf Zucker unterwegs und auf den Autobahnen Deutschlands, um noch mehr Zucker zu finden. Und dabei hören wir, so laut wie es geht, Trance: Kai Tracid, Paul Oakenfold, Talla 2XLC, ATB.

Wann kommt der Kollaps?

In Vechta laufen wir die Große Straße auf und ab. In *Gino's Café* bekommen wir Pinocchio. Gino selbst kommt vorbei und schaut uns auf den Teller, er sieht also, wie sich zwei Männer einen Pinocchio-Eisbecher teilen. Gino sagt: »Pinocchio, ah!«, und geht schnell weiter. Der Pinocchio selbst sieht aus wie ein auf der A1 verunglückter Autofahrer.

Eine Viertelstunde später, im *Piazza Dolce Vita*, beobachten wir ein Pärchen zwischen 50 und 60. *Sie* hat lange graue Locken, *er* Glatze und Klodeckel-Bart und Tattoos und Leder.

Wir ekeln uns, als wir sehen, dass sie nicht nur riesengroße Eisbecher in sich hineinschaufeln, sondern dazu auch noch Cola trinken und rauchen.

Ich schaue an mir herunter, ich trage ein zu großes Rolling-Stones-T-Shirt mit tiefem Ausschnitt, die restlichen Klamotten sind schon aufgebraucht, ich muss heute Abend in Hamburg neue zusammenpacken. Wir fallen in Vechta nicht auf, niemand beachtet uns, und niemand erkennt unsere Aufgabe.

Wir verlassen Vechta und essen in kleinen, niedersächsischen, flachen Backsteinstädtchen wie Visbek und Wildeshausen und Delmenhorst Pinocchio.

In Delmenhorst warten wir etwas länger auf unser Eis. Dabei belauschen wir einen Dialog zwischen zwei Personen im Inneren der Eisdiele.

»Ein Pinocchio fehlt noch für draußen«, sagt sie.

»Der dauert immer so lange ...«, sagt er.

»*Du* hast ihn auf der Eiskarte ...«, sagt sie.

Wir haben jetzt ein schlechtes Gewissen, weil wir wissen, dass es sehr aufwendig sein kann, den Pinocchio zu machen. Vor allem, wenn draußen eine 50 Meter lange Schlange steht, und alle einfach irgendwas Kaltes und Cremiges und Zuckriges in der Hand haben wollen, um damit durch Delmenhorst zu laufen.

Als der Pinocchio kommt, entdecken wir, dass er nicht nur genug gefrorene Sahnestückchen hat, sondern auch auf einem Fundament mit lauter frischen Erdbeeren liegt.

Wenn unverhofft Fruchtstücke wie Ananas oder Erdbeere im Eis versteckt sind, ist das nicht eklig, sondern eine Wohltat.

Wir waren beide noch nie in Bremen. Wir parken das Auto und laufen zum *Mini Eiscafé Mario*. Eine ältere Frau macht uns das Eis und schaut uns dabei so interessiert an wie eine Wahrsagerin.

Ich bemerke, dass sie uns hinter der Tür der Eisdiele heimlich beobachtet, während Christian den Pinocchio fotografiert.

Ich sage zu Christian:

»Komm, wir gehen woanders hin. Lass uns abhauen.«

Christian ignoriert mich, und dann steht die Frau neben uns und sagt:

»Nein, bitte nicht fotografieren. Seid ihr von der Zeitung? Gebt mal her.«

Dann nimmt sie uns den Eisbecher ab!

Wir stehen da und schauen uns an und wissen nicht, was wir tun sollen. Ein paar Sekunden später kommt die Frau aber wieder, und der Pinocchio hat jetzt noch mehr Streusel und rote Soße im Gesicht.

Sie lacht und lächelt, und wir lachen und lächeln auch.

Zum Glück ist es Zitroneneis und nicht immer nur Vanille, Vanille, Vanille – wir können Vanille nicht mehr sehen.

Im *Eiscafé Venezia an der Schnoortreppe* beobachte ich einen Mann im Rollstuhl, der an seinem Eis leckt. Ich werde sehr traurig.

An der Eisdiele laufen zwei kleine Kinder mit Eisbecher in der Hand vorbei, sie schauen uns und die Eisdiele hinter uns an und schreien: »Ice cream! Ice cream!«

Kurz glauben wir, verrückt zu werden.

Überall die Kinder und überall die Kranken.

Nebenan, in der *Gelateria e Panini Da Ros*, frage ich nach einem Pinocchio.

»Wir haben keinen mehr.«

»Was heißt das?«

»Wir haben keine Ohren mehr.«

Ich wundere mich.

»Machen sie einen ohne Ohren, ist schon in Ordnung.«

Die Bedienung werkelt ein wenig hinter der Glasvitrine herum. Dann stellt er mir einen Biene-Maja-Eisbecher hin.

Ich zahle die fünf Euro und traue mich nicht hinaus zu Christian, er wird wütend sein.

Ich stehe ein bisschen im Café herum und weiß nicht, was ich machen soll. Dann gehe ich doch raus und stelle Christian kommentarlos die Biene Maja auf den Alu-Tisch.

»Was ist das?«, fragt er.

»Er hat gesagt, er macht mir einen Pinocchio, ich habe keine Schuld.«

»Das ist kein Pinocchio, das zählt nicht. Das ist die Biene Maja.«

Wir sind beide wütend und enttäuscht. Wenn die einzige Aufgabe darin besteht, Pinocchio-Eis zu kaufen und zu fotografieren und zu essen, ist so etwas eine Katastrophe.

Wir tun etwas, was wir bisher noch nicht getan haben, und schmeißen den Eisbecher weg.

Zu Beginn der Reise stand eigentlich fest, dass wir es nicht schaffen werden, *jeden* Pinocchio zu essen. Wir wollten eine Plastiktüte mit uns herumtragen, in der wir den Eisbecher im Notfall heimlich verschwinden lassen könnten. Aber dann, als er anfing, auf dem Tisch zu stehen und seine Augen auf uns richtete, mussten wir alles aufessen. Manchmal lassen wir Krümel und Smarties und gefrorene Sahne und Waffeln zurück, aber das Eis ist meist weg. Es ist auch eher so, dass einem NICHT schlecht davon wird, sondern dass man einen Ehrgeiz entwickelt, der darin besteht, noch mehr von diesen Figuren zu finden, und dass dieser Ehrgeiz alles andere auslöscht – was viel schlimmer ist als Kotzen oder Scheißen.

Jetzt haben wir aber die Biene Maja weggeschmissen.

Die Stimmung ist schlecht. Wir gehen an der Kunsthalle vorbei und über den Stadtgraben ins *Eiscafé Panciera* und bestellen dort ein Eis. Wir streiten uns über sehr kleine und banale Dinge, wie schon die ganze Zeit. Vielleicht ist es auch der Zucker, wir sind viel aggressiver als sonst und haben – sozusagen – eine ziemlich kurze Zündschnur.

Wir wollten den Eisbecher noch filmen, aber Christian hat ihn in seiner Wut schon verschlungen.

Wir verlassen Bremen und rasen in meine Wohnung nach Hamburg. Wir treffen Miriam, sie erwartet uns mit salzigem Essen, mit Salat und Kartoffeln. Wir sitzen auf dem Balkon, als gegen halb neun der Eiswagen von *Eis Livotto* direkt vor der Tür hält. Wir gehen nach unten und stellen uns in die Schlange. Es ist noch immer sehr warm. Wir haben keinen Feierabend.

Wir bestellen durch das Fenster des Eiswagens einen Pinocchio, aber die Frau im Auto hat nur Streusel und Waffeln und Eis übrig und das Produkt kann sich nicht sehen lassen. Sie hat keine Augen, keine Nase – der Pinocchio versinkt im Becher.

Wir sitzen alle drei satt und angeekelt vor dem Eisbecher und verspüren – wie zuvor beim Wegschmeißen der Biene Maja – eine gewisse Traurigkeit.

Ich sehe nur eine Möglichkeit: Ich nehme den Eisbecher und stelle ihn ins Eisfach. Alle wissen, dass er von dort aus weggeschmissen werden wird. Nächste Woche oder übernächste Woche, oder beim nächsten Umzug.

Wir reden über andere Dinge als Eis und sind sehr müde. Zucker erschöpft uns und macht uns aggressiv und traurig.

Christian legt sich auf eine Matratze ins Wohnzimmer. Das Schnarchen dringt bis zu Miriam und mir vor, wir liegen im anderen Zimmer. Miriam erzählt mir etwas, aber ich höre nichts mehr, nicke nur mit dem Kopf und schlafe dann ein.

MONTAG
28. Juni 2021

Der Abschied am Morgen fällt uns schwer. Noch sechs Tage Pinocchio-Eisbecher essen.

Um 10:00 Uhr räumen wir das Auto auf und packen den Kofferraum neu. Es gibt jetzt ein Fach für die Trockenfrüchte und Nüsse.

Wir verlassen Hamburg in Richtung Südosten. Im *Billstedt Center* setzen wir uns an einen Tisch im *Eiscafé Veneto* und werden gleich nach negativen Corona-Tests und/oder vollständiger Impfung gefragt, aber wir haben beides nicht. Wir wissen überhaupt nicht, in welchem Bundesland *was* gilt, weil wir jeden Tag (und heute alle paar Stunden) woanders sind und sein werden.

Wir nehmen den Pinocchio-Becher to go und Christian isst ihn vorm *Billstedt Center* in der Sonne. Er trägt eine Schildkappe, die ich ihm geliehen habe. Auf ihr steht »Indiana Jones«. Und er hat Angst, sie zu verlieren, weil sie schon 25 Jahre alt und aus dem Disneyland in Anaheim ist.

Ein paar Minuten später, jetzt schon in Schleswig-Holstein, sitzen wir *wieder* im *Eiscafé Veneto* – aber dieses Mal in einem ganz anderen.

Ich esse das Pinocchio-Eis und gehe rein zum Zahlen. Sofort stürme ich wieder aus dem Café und erzähle Christian davon, was ich gesehen habe:

»Da sitzen, du glaubst es nicht, 30 oder 40 Rentnerinnen und Rentner in einem holzvertäfelten, dunklen Raum, mit Spiegeln über sich und kleinen metallenen Eisbechern, in denen geschmolzenes Eis schwimmt. Und alle trinken Sekt und sind so unglaublich laut! Es sind 30-mal dieselben grauen, aufgeplusterten Wollköpfchen. Weiß und Grau und mit Brillen und Blusen und Rüschen und ein bisschen Gold. Es ist 11:00 Uhr! Die Bedienung hatte links und rechts eine Flasche Sekt in der Hand und hat die Gläser gefüllt. Es ist also so, wie alle vermutet haben: Drinnen gibt es eine geheime Unterwelt, in der nur Rentner leben und unglaubliche Feiern abziehen, weil der jüngere Mensch den älteren Menschen, der für diese ganze Scheiße verantwortlich ist, mal wieder vor der Natur gerettet hat.«

Direkt gegenüber vom *Eiscafé Veneto* kaufen Christian und ich in einem Supermarkt zum ersten Mal mehrere Flaschen Wasser für unsere Fahrt. Es ist noch heißer als in den Tagen zuvor.

Hinter Eilbek beginnt das einwohnerschwache Flachland, wo es nur Flussniederungen und Sümpfe und Truppenübungsplätze gibt.

Auf der Höhe von Wittenburg nehmen wir die Ausfahrt auf der A24 und versuchen, einen Pinocchio im *Eiscafé Racing* zu bestellen, aber dort gibt es ihn nicht. Es ist die erste Station in den neuen Bundesländern und wir machen uns Sorgen über das dortige Pinocchio-Sortiment.

Die Spontanität steigt, und mit ihr der Glaube, dass am Ende doch alles passt. Aber inzwischen verlassen wir jedes Eiscafé sofort, wenn die Mitarbeiter keine Ahnung haben, was ein Pinocchio-Eisbecher ist. Wenn sie uns verständnislos anblicken, sind wir auf dem Fuß wieder weg.

Andererseits: Wenn sie die Figur zwar nicht im Sortiment haben, aber dennoch wissen, was wir meinen, lassen wir es als offiziellen Pinocchio durchgehen, der in unsere Sammlung aufgenommen werden darf.

Wir hoffen immer noch, dass die meisten glauben, dass wir draußen ein Kind sitzen haben, das auf den Pinocchio-Eisbecher wartet.

Vor dem *Eiscafé Racing* ruft mich Markus an und sagt, dass er der größte Eisliebhaber aller Zeiten sei und dass er unsere Reise sehr unterstütze und ob wir mit ihm nächste Woche Samstag in Bad Homburg zum Abschluss noch ein Eis essen würden. Christian und ich sagen weder zu noch ab, weil wir nicht wissen, wie es weitergeht.

Kurz hatten wir gehofft, Markus würde uns anbieten, dass wir mit ihm und seiner Privatfluggesellschaft *Aviscout* nach Florenz fliegen, damit wir von dort aus in Collodi (dem Geburtsort der Mutter von Carlo Collodi, dem Pinocchio-Erfinder) den Pinocchio-Park besuchen können.

Ein bisschen später sind wir in Ludwigslust und lassen uns bei *Janny's Eis* einen Pinocchio-Becher von (wahrscheinlich) Janny herstellen.

Christian behauptet, ich hätte Janny während meiner Bestellung mit sächsischem Dialekt geantwortet, um diesen zu verspotten, was Christian richtig asozial fände, aber ich widerspreche ihm und bin verwundert.

Ich mache mir eine ganze Zeit lang Sorgen darüber. Ich bin müde.

Bei *Tutti Gusti* essen wir den zweiten Pinocchio, im *Eiscafe Rudolfo* den dritten. Wir trinken große alkoholfreie Weizenbiere. Wir fahren mit dem BMW vor das Schloss und fotografieren ein paar Männer, die sich vor einem Unimog fotografieren, den sie vor das Schloss gestellt haben.

Es hat 30 Grad und wir fahren weiter nach Neuruppin. In Neuruppin essen wir zwei Pinocchio-Eisbecher. Wir haben uns getäuscht, es gibt ihn hier überall.

Als ich Christian den Pinocchio aus der *Paolo Zambon Eisdiele* hinstelle, den ich drinnen an der Theke gekauft habe und an dem lange herumgewerkelt wurde, sagt Christian:

»Alter – was geht bei denen denn ab?! Was geht denn bei denen?! Der ist ja richtig geisteskrank. Mit so 'nem Sahnebottich davor. Alter, was hat der gekostet?«

»4,50 Euro.«

»Oah, richtiger Schnapper. Leider.«

Ich frage ihn, warum *leider* – und er sagt, weil wir für so wenig Geld so viel Eis bekommen haben.

Während wir durch Neuruppin laufen, springen Bilder von verwüsteten Pinocchio-Eisbechern durch unsere Köpfe. Wir wollen seinen Namen, PINOCCHIO, laut und in Variationen, zum Beispiel PEINOTSCHAINO oder PINOH-DSCHINO, aussprechen. Er ist vollkommen in uns eingedrungen.

Um 19:00 Uhr sind wir mit Flexi in Kreuzberg verabredet.

Wir fahren ohne den geplanten Zwischenhalt in Oranienburg nach Berlin.

Nachdem Christian in den Tagen zuvor den Tank schneller leer gefahren hat, als erwartet – weil er 200 km/h fahren musste, um noch rechtzeitig im Hotel anzukommen –, fahren wir jetzt mit 90 Kilometern pro Stunde hinter verschiedenen Last- und Tankwagen her. Wir nutzen ökologische Ausreden, aber eigentlich haben wir einfach keine Lust darauf, wieder irgendwo anzukommen und Eis zu essen.

Auch ist uns bewusst, dass jeder kleine Misserfolg in uns eine innere Freude auslöst, die wir dem anderen nicht zeigen dürfen, zum Beispiel wenn wir eine Eisdiele nicht finden, oder wenn jemand keinen Pinocchio-Eisbecher hat.

Wir parken das Auto in der Görlitzer Straße und freuen uns über das aufgeräumte Auto.

Bei Flexi ziehen wir uns um und machen uns frisch. Wir essen in einer Pizzeria. Ich schaue stumm dabei zu, wie Christian Spaghetti Quattro Formaggi in Sahnesauce bestellt und bin entsetzt.

In den Kreuzberger Eisdielen werden unsere Bestellungen oder unsere Nachfragen entweder erstaunt oder missbilligend abgetan.

In der Skalitzer Straße schaut uns eine Frau bei *Eis Lanzano* so an, als hätten wir irgendjemand ihr Nahestehenden auf dem Gewissen.

Wir überlegen und merken noch einmal, dass auch wir den Leuten seltsam und stur vorkommen müssen, weil wir NUR Pinocchio wollen und nichts anderes. Und dass wir das Eiscafé immer SOFORT verlassen, wenn sie Pinocchio nicht haben. Freundlich zwar, aber bestimmt.

Auch bei *Eis Azzurra* haben sie ihn nicht, aber dort gibt man sich wenigstens große Mühe und baut trotzdem eine Figur zusammen, die unseren Wünschen entspricht.

In allen anderen Eisdielen versuchen wir es erst gar nicht. Warum sollten wir? Schließlich heißen sie *Spoonfull* oder *Lecko Mio*, *Goldmarie* oder *Mos Eisley*, und dieser Studentenhumor regt uns ganz furchtbar auf.

Wir treffen Marie und Luzia, und Luzia isst den Eisbecher – wir können nicht mehr. Wir trinken Bier und das kühlt uns herunter. Wir erzählen allen von unseren Erfahrungen mit dem vielen Speiseeis. Wir betrinken uns ein bisschen.

Die Schweiz gewinnt gegen Frankreich im Elfmeterschießen. Verschiedene Wetten liegen auf dem Tisch, die mit ähnlichen Fahrten zu tun haben wie der unsrigen:

»Wenn ihr gewinnt, fahren wir da und dort hin, wenn wir gewinnen, müsst ihr mit uns diesen und jenen Ort besuchen.«

Menschen wollen fahren und unterwegs sein nach der Krise und vor der Krise.

Wir laufen über die Hobrechtbrücke, überqueren den Spreewaldplatz und laufen die Görlitzer Straße entlang zurück zu Flexi. Wir teilen die Zimmer auf. Christian schläft auf dem Sofa. Er benutzt eine große Fischfigur aus Polyester als Kissen. Sie ist gefüllt mit Schaumstoffteilchen.

DIENSTAG
29. Juni 2021

Christian schläft so gut wie noch nie auf unserer Reise. Er verschläft sogar.

Ich sitze mit Flexi in der Küche und esse Käsebrote. Ich dusche, und irgendwann wecke ich Christian. Er hält das Fisch-Kissen in seinen Armen.

Flexi macht Christian Kaffee. Ich dränge zum Aufbruch.

Wir verabschieden uns von Flexi, er bezeichnet uns als »Sahne-Mäuse«, dann sind wir weg.

Wir fahren nach Potsdam. Auf dem Weg dorthin streiten wir uns fürchterlich über meinen Umgang mit meinem iPhone und Technik im Generellen.

Das iPhone ist schon etwas älter und wird sehr schnell sehr heiß und verliert ebenso schnell seine Energie. Ich muss es nach jedem kleinen Stopp in jeder kleinen Stadt im Auto aufladen. Dadurch fällt es mir schwer, Details unserer Reise zu dokumentieren, aufzunehmen und zu archivieren.

In Potsdam esse ich einen unverschämt teuren und verhunzten Pinocchio-Becher. Ich sage niemals die Wahrheit, wenn mich jemand fragt, ob es mir geschmeckt hat. Ich bin ein großer Lügner. Christian ist ein Lügner. Wir sind beide Lügner. Aber nur, wenn es darum geht, Freundlichkeit zu zeigen, wo wir überhaupt keine

Freundlichkeit mehr empfinden. Hier ist die Heuchelei. Aber wir fahren *wirklich* durch das große Land und essen dieses Eis. Das will uns aber keiner glauben. Dass es *geschmeckt* hat, das nicken aber alle lächelnd ab.

Potsdam gefällt uns ganz und gar nicht. Wir sind in mehreren Eisdielen und es gibt, bis auf den verhunzten, keine weiteren Pinocchio-Figuren aus Eis zu entdecken. Manche Läden haben auch noch geschlossen, wir sind recht früh dran.

Das Wetter hat sich geändert, es ist viel kühler jetzt und weiter im Süden ballen sich dunkle Wolken. Wir beschließen, Potsdam zu verlassen.

In Wittenberg leisten wir gute Arbeit, aber schreien uns wieder an. Christian will, dass ich ein Video davon mache, wie er den Pinocchio in hoher Geschwindigkeit isst. Er hat eine Idee von dem Video in seinem Kopf, die er mir aber nicht mitteilt und deshalb filme ich natürlich falsch, was ihn zur Weißglut treibt. Ich kann ja nicht wissen, was in seinem Kopf vorgeht, und das versteht er dann auch.

Schließlich funktioniert die Kommunikation doch wieder und ich stoppe die Zeit, die Christian im *Eiscafé San Marco* zum Verspeisen des Eises benötigt. Es sind 53 Sekunden.

Im nahegelegenen *Schlosspavillon Café Wittenberg* bestelle ich einen Pinocchio-Becher für »das Kind draußen«. Als sie das Eis bringen, sehen sie dort Christian wortlos sitzen.

Wir hoffen immer, dass das charmant wirkt und nicht dumm oder gestört.

Vor einer Bankfiliale gibt es freies Internet. Wir lehnen uns an eine Mauer und machen Pause.

Die Straße hoch essen wir Udon-Nudeln. Wir bestellen Bier zum Mittagessen. Ich schaffe es nicht ganz, wir müssen weiter, und ich nehme das Bier mit ins Auto und trinke es auf der Strecke nach Bad Düben aus.

Vorher machen wir Halt in Kemberg – und hinter Kemberg verspürt Christian zum ersten Mal so etwas wie Übelkeit.

Kurz fängt es an zu regnen, dann hört es wieder auf. Die erste Hälfte der Reise ist vorbei.

In Bad Düben haben wir sehr viel Pech. Dienstags hat dort das *Eiscafé Sicilia* geschlossen. Niemand ist auf den Straßen unterwegs. Das Wetter ist schwül und feucht und stickig, es ist wie unter Wasser. Im *Café Paradeplatz* bekommen wir einen selbstvergessenen, völlig irren Blick, als wir Pinocchio wollen, sie ihn nicht haben, und wir freundlich-fröhlich weitergehen ohne etwas anderes zu nehmen. Mit dem Auto fahren wir in eine Siedlung und können zuerst nicht glauben, dass sich da ein Eiscafé befindet, aber irgendwann hängt ein Schild im Nieselregen: *Marys Eisparadies*.

Ich steige aus, gehe hin und schaue durch die Fensterscheiben. Dort stehen leere Edelstahlwannen für Eis, eine schmutzige Vitrine, Holzbretter lehnen an den Wänden, es ist geschlossen.

»Kein einziges Pinocchio-Eis in Bad Düben«, sage ich und fahre wieder los.

Über Leipzig hängt ein Gewitter. Wir fahren in den Südosten und bringen unsere Sachen in ein Zimmer, das wir vorher im Auto gebucht haben, dann laufen wir in Richtung Innenstadt.

Die Straßen sind leergefegt – Deutschland spielt im Achtelfinale gegen England in Wembley. Wir sind die einzigen Gäste im *Gusto Italiano Eiscafé*. Die Straßen trocknen.

Wir bekommen den Pinocchio-Eisbecher von einer älteren Sächsin gebracht, die sich zu uns an den Tisch stellt und ein bisschen plaudert. Irgendwann fragt sie Christian, der schon wieder den Pinocchio isst:

»Reicht Ihnen das?«

Ich breche in inneres Gelächter aus.

Am Augustusplatz treffen wir Ana. Wir wollen die zweite Halbzeit schauen. Ana fragt mich, für wen ich bin und ich sage »Deutschland«. Ich bin doch nicht auf Teufel komm raus für England, nur weil »Für-die-deutsche-Nationalmannschaft-Sein« für junge Intellektuelle eine Peinlichkeit darstellt.

Christian spürt die Spannungen.

In der Nikolaistraße finden wir eine Eisdiele, die zwar modern rüberkommt und *NiceCream* heißt, aber doch einen Pinocchio-Becher hat. Ana will keine Milch essen, so wie vorher Miriam auch schon nicht. Ein wenig scheinen sich alle zu ekeln, aber weniger vor den Gesichtern der Figur, dem Zucker oder der Milch, als vor uns. Oder sie wollen uns nur beobachten, so wie *wir* eigentlich alle ständig beobachten.

Ana mag Leipzig nicht. Aber Christian und ich sind begeistert. Wir werden freundlich behandelt. Vor einem Burrito-Laden setzen wir uns auf Bänke, kaufen Bier und Nachos und schauen völlig emotionslos das Ende des Fußballspiels.

Wir sind schon ein wenig betrunken, als wir durch den Leipziger Hauptbahnhof laufen und die *Dolce Freddo Eismanufaktur* suchen.

Die Bedienung dort hustet ungewöhnlich stark und ich dränge sofort wieder zum Aufbruch, aber die anderen beiden stört es nicht. Der für uns gestaltete Pinocchio ist witzig. Die Metzgereien und Imbisse haben bereits geschlossen, es sind nur wenige Leute unterwegs.

Wir verlassen den Bahnhof und laufen in den Osten und die Eisenbahnstraße entlang. Wir setzen uns in eine Kneipe und bestellen Bier. Manchmal geht Christian nach drinnen und trinkt heimlich Schnaps an der Theke. Er kann die Gespräche zwischen mir und Ana nur schwer ertragen, weil es in ihnen immer nur um Personen des Literaturbetriebs geht und nicht um Inhalte. Außerdem versucht er dadurch der vollkommen ausweglosen Situation zu entfliehen, die darin besteht, noch die ganze Woche lang weiter Pinocchio-Eis zu essen. Aber jetzt aufzuhören, wäre der Gipfel der Sinnlosigkeit.

Ana will ihr eigenes Bier bezahlen, aber wir laden sie ein und Christian nimmt ihr das Geld weg und gibt es einem vorbeikommenden Bettler.

Es ist schon spät. Wir fahren zu dritt mit einem Lexus durch Leipzig. Das Taxi schmeißt uns vor unserer Wohnung raus.

Im Bett schimpft Christian. Ich selbst bin auch ein wenig aggressiv und glaube wieder, dass es der Zucker ist.

Wir liegen um 2:00 Uhr im Bett und diskutieren bis 4:00 Uhr morgens. Christian ist angewidert von dem, was er über die Literaturszene gehört hat. Er kann nicht verstehen, und das wiederholt er oft, dass es fast nie um Inhalte geht, dass es eigentlich NIE um Inhalte geht, sondern immer nur um Namen und wer was mit wem gemacht hat. Dass Ana und ich Vor- und Nachnamen der Personen nennen, die wir meinen, macht ihn fertig.

Ich stelle heimlich den Wecker immer weiter nach hinten. Von 8:00 Uhr auf 9:00 Uhr auf 10:00 Uhr.

MITTWOCH
30. Juni 2021

Am nächsten Morgen geht es uns schlecht. Christian redet direkt wieder über die *Szene*.

»Ich bin immer noch wütend. Und das ist der Beweis dafür, dass ich das gestern alles ernst gemeint habe, und dass es nicht am Alkohol lag«, sagt er.

Wir räumen das Zimmer auf, duschen und gehen nach draußen. Die Polizei steht vor der Tür und filzt irgendjemanden. Wir schmeißen die Sachen ins Auto und fahren los. Auf dem Weg raus aus Leipzig halten wir beim *REWE Lucas Musculus*, kaufen uns Frühstück und suchen in unseren Gesichtern nach Überzeugung.

Selbstexperimente sind wichtig. Man versteht schon viel mehr nach zwei Tagen. Allerdings sollte man sich nicht künstlich in falsche Richtungen begeben. Wir werden keinen Alkohol mehr trinken. In Kombination mit Alkohol lenkt Zucker Gefühle in die falsche Richtung.

Wir sind jetzt schon länger im Osten, aber Christian denkt an den Westen:

»Ich sag dir ein paar gute Orte: Solingen und Krefeld fand ich geil; ich denk, auch Duisburg-Marxloh ist ein guter Ort.«

Wir trinken Saft und viel Wasser – wir essen Bananen und Brötchen.

Ich fahre. Jetzt geht es mir ein bisschen besser.

Christian schiebt den Beifahrersitz und die Rückenlehne nach hinten. Er nimmt sich ein Kissen und schaut auf sein Handy, dann schläft er ein.

»Wie lange hab ich geschlafen«, fragt er irgendwann, und ich sage: »halbe Stunde«.

In Zeitz parken wir den BMW an einer Kirche und gehen ins *Eiscafé Millenium.*

Ich betrachte den Pinocchio, den man uns auf den Tisch gestellt hat. Ein Fähnchen aus flatterndem Lametta steckt im Eis. Das Fähnchen leuchtet im trüben Tageslicht. Christian macht ein Foto. Es ist jetzt wirklich ein bisschen so wie früher, als wir noch Kinder waren.

Danach, in der *Eisdiele Härlein*, kommt es zum Streit zwischen mir und der Eisverkäuferin. Es ist nichts mehr übrig vom Kindsein.

»Ich hätte gerne einen Pinocchio-Becher, bitte«, sage ich.

»Für wen?! Für Sie?!«, fragt die Verkäuferin.

»Ja«, sage ich fordernd. (Was dumm ist. Aber ich bin verkatert und ein bisschen zickig.)

»Den gibt es nur für Kinder.«

»Machen Sie keine Ausnahmen?«

»Nein. Den mache ich nur für Kinder.«

»Und wenn Sie die Portion größer machen und für einen Erwachsenen, und ich gebe Ihnen das Doppelte?«

»Nein, es geht nicht.«

»Warum?!«, frage ich ein bisschen zu laut.

Die anderen Gäste, die von einer zweiten Frau bedient werden, schauen zu mir rüber. Und dann zur Verkäuferin und immer zwischen ihr und mir hin und her. Es bahnt sich etwas an.

»Es geht ums Bauen.«

»Was heißt das?«

»Ich muss den Pinocchio erst bauen und ich baue ihn nur für Kinder.«

»Danke! Dann nicht!«, sage ich und verabschiede mich laut.

Draußen bekommt Christian meinen Zorn ab.

»Sie wollte ihn nicht bauen! Sie wollte ihn nicht *bauen*!«, wiederhole ich immer wieder.

»Was heißt das?«, fragt Christian.

»Ich weiß es nicht, es war ihr anscheinend zu viel Arbeit, den Pinocchio für mich zu machen. Aber in der Zeit, in der sie diskutiert hat, hätte sie ihn schon längst machen können. Einen Erdbeerbecher muss sie ja auch *bauen*.«

Ich bin durch nichts zu beruhigen. Christian filmt mich, ich winke ab.

Dann stehen wir vor *Darys Eis*, aber der Laden scheint renoviert zu werden, vielleicht ist er auch pleitegegangen in den Wirrnissen der letzten Monate.

»Wir müssen nach Thüringen«, sagt Christian.

Also gehen wir zurück zum Auto.

Wir schauen noch einmal nach, ob Gera auch wirklich in Thüringen liegt und fahren los.

Ich parke das Auto in der Zeitzer Straße und schaue mir auf Google Maps die Landesgrenzen an. Wir prüfen, ob wir schon in Gera sind. Sind wir. Dann schicke ich Christian los, Eis holen. Zum ersten Mal bin ich zu müde, um aus dem Auto auszusteigen.

Wir essen und fotografieren den Pinocchio im BMW. Dann fahre ich die Straße zurück und biege nach rechts ab. Die Straße dort ist ein Gehweg mit tiefen Reifenspuren im Schlamm. Schrebergärten und einsame Häuser im Wald.

»Hier ist keine Eisdiele«, sage ich.

Der Pfad wird enger, führt durch Gärten und ein Waldstück und endet dann wieder auf Asphalt vor einem Supermarkt.

Ich steige aus und folge, mit dem Handy in der Hand, den Wegbeschreibungen. Ich sehe keine einzige Menschenseele in den Häusern und auf den Wiesen. Wo sind alle hin?

Ich gehe zurück zum Auto. Dann verlassen wir über die A9 den Osten.

Christian schläft noch etwas und fühlt sich dann wieder wohler. Der Pinocchio im *Eiscafé Fabio Gelato* war ihm einer zu viel, und vor allem viel zu früh, nach den Schnäpsen und den Whiskey Sours am Vorabend.

Also fahre ich den schlafenden Christian über Bindlach nach Bayreuth.

In Bindlach gebe ich zu viel Trinkgeld. Das erste 500-Euro-Bündel ist längst aufgebraucht. Wir trinken Kaffee und schwarzen Tee, um Energie für die Bayreuther Innenstadt zu bekommen.

In Bayreuth liegen die Eisdielen alle nebeneinander – die einzelnen Bedienungen und Besitzer beobachten, wie wir von einer Eisdiele zur nächsten gehen und immer dasselbe bestellen. Sie können sehen, wie wir Pinocchio-Eisbecher fotografieren, filmen und sie gequält essen.

In einer Eisdiele haben wir zu kämpfen.

»Wir wollen einen Pinocchio.«

»Ah«, sagt die Verkäuferin.

»Ja.«

»Mache ich euch.«

»Sie kennen das ja. Mit viel Zucker und Streuseln. Und dem Gesicht aus Smarties.«

»Oh, Jungs, da seid ihr bei mir aber vollkommen falsch. Bei uns ist alles ohne Zucker und vegan.«

»Macht nichts. Dann eben so.«

»Ich mache euch ganz besondere Augen.«

Sie zeigt uns glasige Perlen.

»Kennen wir nicht.«

»Glaube ich. Das habe ich gewusst, dass ihr die nicht kennt.«

Wir verrollen heimlich die Augen, wir lächeln uns heimlich an. Wir fühlen uns manchmal wie Heilige, und manchmal wie nutzlose Idioten.

Christian geht ein paar Schritte weiter und ich schaue dabei zu, wie die Frau den Pinocchio herstellt. Ein anderer Mann steht im Laden, lehnt sich über die Theke und schaut ebenfalls lächelnd zu.

»Hier ist er«, sagt die Bedienung, und ich bedanke mich überschwänglich für ihre Kreation.

Wir essen ihn auf irgendwelchen Treppenstufen vor dem Bayreuther Finanzamt.

Im *Eis Opera* grüßt Christian übers Handy seine Oma. (Sie verfolgt unsere Reise auf Instagram). Dass sie sich keine Sorgen machen solle, dass wir wohlauf seien, dass wir auch manchmal Fruchteis essen würden.

Aber dann geht plötzlich alles ganz schnell. Christian rennt zum Auto, vorher ist er noch nie gerannt.

Erst sagt er:

»Ich habe Hunger.«

Und als wir im Auto sitzen, sagt er:

»Ich will nicht zum Problembär werden. Ich glaube, das geht nicht gut.«

Heute ist ein schwieriger Tag. Auf einmal spielt Christians Magen aus Stahl nicht mehr mit.

Er sucht eine Pizzeria auf dem Weg aus der Stadt und lotst mich. Ich rase einen Hügel in einem Wohngebiet am Rand von

Bayreuth hinauf und stelle das Auto vor der Pizzeria ab. Christian springt sofort raus.

Zehn Minuten später ist er wieder da und erleichtert.

»Ich habe auch noch eine Pizza bestellt«, sagt er.

Wir warten im Auto.

Nach 20 Minuten gehe ich rein und wasche mir auf den Toiletten im Keller die Hände.

Meine Hände kleben den ganzen Tag, und wenn ich sie mir gewaschen habe, kleben sie sofort wieder, auch wenn ich danach nichts Klebriges berührt habe. Sie kleben den ganzen Tag – so, als würde ich über meine Handflächen all den überschüssigen Zucker ausscheiden.

Auf der Autobahn merken wir, dass sie die Pizza nicht in Stücke geschnitten haben. Wir lassen sie abkühlen, dann nimmt Christian einen im Auto herumliegenden Eislöffel aus Plastik und beißt ein Stück aus ihm heraus.

»Ich bin doch Ingenieur«, sagt er.

Er schneidet mit dem scharfkantigen Stück die Pizza in gleich große Teile und reicht sie mir rüber.

Wir sind spät dran und verschieben unser Treffen mit Manfred in Fürth immer weiter nach hinten.

Bei *Campo Eis* in Nürnberg besteht sowohl die Lügen- und Holznase von Pinocchio als auch sein Hut aus einer Waffel. So etwas haben wir auf der ganzen Reise noch nicht gesehen.

Obwohl wir spät dran sind, erzählt mir Christian jetzt begeistert vom Millennium Falken, den er als seinen »Lieblingscharakter« aus *Star Wars* bezeichnet.

Er spielt mir auf dem Handy eine Szene aus *Star Wars: Episode VII* vor.

Ich werde unruhig.

Christian ist auch nervös, weil wir gleich Manfred treffen, der unser Geldgeber ist.

»Ich will mich zurücklehnen und dass er uns Geschichten erzählt, ich habe keine Energie mehr dafür, selbst Geschichten zu erzählen«, sagt Christian.

Wir räumen noch in Nürnberg – in der Nähe von *Campo Eis* – das Auto auf, bevor wir rüber nach Fürth fahren. Überall liegen Klamotten, Kameras und Bücher herum. Das Nuss- und Trockenfrüchtefach ist die einzige noch aufgeräumte Ecke im ganzen Wagen. Auf den Rücksitzen liegen Tankquittungen, Quittungen von Eisläden in Gelsenkirchen, Taschenbücher, benutzte Unterhosen und Socken, Schlafsäcke und Isomatten.

Ich dränge und packe so schnell es geht mein Zeug zusammen.

»Ich will mich nicht wie ein Penner vor sein Haus stellen und mich umziehen müssen und die Socken wechseln«, sagt Christian.

Deshalb macht er alles *jetzt*.

Ich setze mich ins Auto. Durch den Rückspiegel beobachte ich, wie er sich erst die Zähne putzt und danach sein T-Shirt anhebt und eine Wolke aus Duftstoffen unter den Ärmeln hervorquillt. Ich muss lachen und sehe kleine Fältchen um meine Augen im Spiegel. Zucker macht alt.

Dann fahren wir durch die Felder zwischen Nürnberg und Fürth und parken das Auto bei Christine und Manfred vor der Tür. Wir klingeln, aber niemand macht auf.

Wir klingeln noch einmal.

Wir gehen um das Haus herum, jemand ist drinnen, wir können Stimmen hören, aber niemand öffnet uns.

Dann geht die Haustür doch auf. Manfred schaut so, als könne er nicht glauben, dass wir das wirklich machen, dass wir hier *wirklich* auftauchen.

Wir begrüßen uns, ich stelle Christian Manfred und Christine vor. Wir überreichen den beiden einen Gutschein für vier Pinocchio-Eis bei *Campo Eis* plus Trinkgeld.

Wir setzen uns auf die Terrasse und schauen ins Grün. Es fängt an zu regnen und wir rutschen enger zusammen.

»Seid ihr blöd!«, sagt Manfred, als wir ihm sagen, wie viele Kilometer wir schon gefahren sind und wie viele Eisbecher wir schon gegessen haben.

»Das wird das gestörteste Buch, das ich jemals gemacht habe«, sagt er.

Christine hat uns Salat gemacht und Bruschetta und Pizzabrot und wir sind selig.

Es wird kühler und wir gehen rein. Im Wohnzimmer gluckern die Aquarien. Dort schwimmen die Yellow-Fire-Neon-Zwerggarnelen, die Manfred züchtet.

Wir sitzen bis weit nach Mitternacht auf der Couch und besprechen unsere Reise und den für die Buchmesse im Herbst geplanten Band.

Wir sind schon wieder in einem fremden Haus. Ein bisschen fürchten wir uns vor den Nächten und der inneren Unruhe. Wir legen uns auf die zwei Matratzen im Gästezimmer. Manchmal schnarcht Christian und ich benutze Ohropax. Ich liege nachts immer wieder wach und bekomme eine leichte Panik, weil ich glaube, nie wieder einschlafen zu können.

Draußen ist alles still, ein bisschen weht der Wind und Wasser tropft von den Bäumen. Unten im Wohnzimmer sichtet Manfred noch bis tief in die Nacht Manuskripte.

DONNERSTAG
1. Juli 2021

Am nächsten Morgen beobachten wir unseren Verleger beim Schuhebinden und verlassen mit ihm das Haus. Wir strecken uns die Fäuste entgegen. Manfred schaut uns entgeistert und lächelnd an, wissend und unwissend. Er wünscht uns viel Erfolg, wahrscheinlich kann er nicht glauben, dass unsere Verdauung immer noch mitspielt.

Wir fahren nach Zirndorf. Es ist besser, wenn wir nur die kleinen Städte befahren, dort kann man gut in der Innenstadt parken und alle Eiscafés ablaufen. Die großen Städte wollen wir nur noch am Rand besuchen. Wir haben jetzt sogar München gestrichen und wollen direkt nach Memmingen fahren. Christopher ist traurig, er öffnet einen Chat und fragt, wo wir sind. Jetzt will er mit uns Pinocchio in München essen, aber wir müssen ihn vertrösten.

In Zirndorf tragen die Männer Kappen. Sie gehen am Eiscafé vorüber und grüßen alle, die dort sitzen, uns eingeschlossen. Sie grüßen Leute wie uns!

In Roth essen wir einen Pinocchio in einer deutschen Bäckerei. Wir gehen die Hilpoltsteiner Straße hinunter und sehen ein besonderes Schaufenster: Die Wände im Innenraum sind renoviert, der Boden aber ist bedeckt mit Schmutz.

Drinnen stehen eine Leiter, ein Besen, ein blauer Sack mit Müll und ein Mata-Hari-Flipperautomat. Im Schaufenster liegen ein rostiger Stahlhelm und eine zusammengefaltete Zeitung. Auf der Zeitung ist am unteren Rand eine Signatur von Heinrich Himmler zu sehen.

Diese kleinen Abwechslungen und Ready-mades durchdringen manchmal die Monotonie.

Nach Pinocchios im *Eiscafé Primavera* und im *Eis Cafe Cortina* fahren wir weiter nach Weißenburg. Ich lasse meine Brille reparieren, während Christian im Weißenburger *Eiscafé Venezia* auf den Pinocchio wartet.

Weil sich die Namen der Eisdielen ständig wiederholen und auch die darin sitzenden Gäste alle gleich zu sein scheinen – weil sie alle dasselbe tun, nämlich Eis essen –, glauben wir, dass das ganze Land aus einfältigen Personen wie uns besteht. Wir glauben also, dass alle dasselbe tun, niemand mehr Fantasie in sich trägt, und das deprimiert uns zutiefst.

Alle machen und denken und reden und essen dasselbe. Alle vollführen dieselbe Handbewegung und bringen mit langen Löffeln das Eis zum Mund.

Wenn mal jemand laut lacht, denke ich manchmal:

»Dass Deutsche überhaupt schon wieder frühmorgens Eis essen und dabei lachen dürfen.«

Im *Eis Café Dolomiti* verlinke ich den Standort und die Eisdiele und ein paar Minuten später folgt mir das *Dolomiti* bei Instagram. Ich erzähle Christian davon. Das ist uns noch nie passiert, jetzt können sie bei Instagram sehen, wo wir überall waren und wo wir noch hingehen werden und warum wir *hier* sind.

Wir springen auf, ich bezahle mit gesenktem Blick, gebe viel zu viel Trinkgeld und wir laufen aus dem Café.

Als wir Weißenburg verlassen, ist es circa 14:00 Uhr – wir haben heute schon sieben Pinocchio-Becher gegessen, das ist ein Rekord.

Wir fahren über die Landstraße nach Donauwörth.

Auf der Höhe von Monheim steigt ein großes schwarzes Quadrat in den Himmel auf. Ich weiß nicht, was das sein soll, aber Christian macht eine Notbremsung, weil es ein Trümmerteil ist.

Auf der Gegenfahrbahn kommt uns ein Transporter entgegen, die Fahrerseite ist eingedrückt, seine Radaufhängung gebrochen und die Front schleift über den Boden. Funken sprühen über den Asphalt. Der Transporter kommt erst 50 Meter hinter uns zum Stehen. Christian springt aus dem Auto.

»Diesmal brauche ich nicht sieben Minuten wie in der Tiefgarage in Düsseldorf«, sagt er.

Christian telefoniert und ich zittere.

Ich gebe ihm durch, auf welcher Höhe wir sind. Er rennt zum Transporter, wo schon mehrere Leute damit beschäftigt sind, dessen eingedrückte Tür aufzubrechen.

Dann kommt er zurück und beauftragt mich damit, ein Warndreieck aufzustellen, weil jetzt Leute in ihren Wohnmobilen anfangen, durch die Unfallstelle zu rasen.

Ich renne am Transporter vorbei, wo jemand dem Fahrer den Arm abbindet. Ich schaue kurz in sein Gesicht, aber das Gesicht ist voller Blut und er schaut so, als habe ihn gerade irgendetwas verlassen. Man darf es gar nicht denken, aber er erinnert mich an den Pinocchio-Eisbecher in Vechta.

Nur zwei Minuten später hört man in der Ferne schon die Rettungsdienste über die Felder von Büttelbronn und Flotzheim näherkommen.

Überall rennen jetzt Menschen auf der Fahrbahn rum und sprechen dem Verletzten aufmunternde Worte zu. Der Fahrer des

Lastwagens, in den der Transporter gerast ist, lehnt an der Leitplanke und hat den Kopf gesenkt.

Wir warten am Auto, bis die Feuerwehr da ist. Unsere Hilfe wird nicht mehr gebraucht. Wir setzen uns in den BMW und atmen erst schnell, dann immer langsamer, und schließlich ganz flach und ruhig.

Dann fahren wir durch die überall auf der Fahrbahn verteilten Trümmer nach Donauwörth.

Im *Eiscafe Venezia* essen wir Fruchteis.

Im *Cafe Raffaello* macht ein Kellner Scherze mit uns und bietet uns Champagner an. Dann will er, dass wir Schnaps trinken, und wenn wir noch fahren müssten am besten zwei Schnäpse, wegen rechts und links.

Wir verstehen den Witz nicht, aber es soll wohl einer sein.

»Mit so vielen Scherzen habe ich jetzt gar nicht gerechnet«, sage ich, und der Kellner schaut schon ein wenig nüchterner.

Als wir sagen, dass wir in den letzten sieben Tage über 60 Pinocchio-Eisbecher gegessen haben, macht er keine Scherze mehr, weil er denkt, wir würden ihn belügen. Als Christian sagt, dass *der* hier, im *Cafe Raffaello*, der 26-beste gewesen sei in den letzten sieben Tagen, geht er einfach wortlos davon, weil er uns nicht *glaubt*. So wie Alissa mit ihrer durchsichtigen Tasche, und alle anderen.

Wir suchen kurz die Donau, aber finden nur noch zwei Eiscafés. Uns wird fast nie schlecht, aber gerade gelangen wir an unsere Grenzen. Trotzdem ist es sogar eher so, dass das Eis immer besser und besser schmeckt. Es ist so, dass man süchtig wird. Aber es ist keine gute Sucht, es ist eine schlechte und ekelhafte Sache, die hier zur Angewohnheit wird, weil sie, dem »Projekt« geschuldet, zur Angewohnheit werden *muss*.

Wir kommen gegen Abend nach Augsburg und beobachten Frauen dabei, wie sie zum Feierabend alleine Eisbecher essen. Überhaupt sehen wir sehr viele Leute alleine in Eiscafés sitzen, und jedes Mal rührt es uns, wenn es alte Menschen sind. Oder Menschen, die nicht danach aussehen, als würde ihnen Eis schmecken.

Zucker verbindet uns alle.

Wir streifen Augsburg nur am Rand und fahren dann weiter nach Memmingen.

In *Otto's Eiscafé* holen wir einen Gutschein für Sabina.

Sie wartet auf uns mit Nudeln und Hühnchen und Salat und Bananen und Erdbeeren. Wir trinken alkoholfreies Bier und laufen zum Verdauen durchs nächtliche Memmingen. Es ist kalt geworden, fast herbstlich. Wir sind am südlichsten Punkt unserer Reise. Nur ein paar Kilometer von hier fangen die Alpen an. Aber wir werden die Alpen so wenig sehen wie die Ost- und Nordsee. Das Land, das wir auf der Suche nach Pinocchio-Eis befahren, ist ein Binnenland und hat keine Grenzen.

Nachts haben wir die Fenster auf und die Luft ist klar und angenehm kühl. Trotzdem fehlt uns so spät die Motivation, noch die Bilder zu sichern oder die Route für den nächsten Tag zu planen. Wir sind zu erschöpft. Und die Erschöpfung gebiert am nächsten Tag wieder das Chaos.

Aber so gut wie in Memmingen haben wir noch nie geschlafen.

FREITAG
2. Juli 2021

Sabina hat ausdrücklich gesagt, dass wir uns vor 9:00 Uhr morgens nicht in der Wohnung herumtreiben sollen, weil sie sich fertig machen muss für ihren Wochenendausflug mit Gernot.

Christian und ich liegen in verschiedenen Zimmern und sind beide schon vor 9:00 Uhr wach. Wir hören, wie Gernot kommt, wie Sabina und er durch die Wohnung laufen und laut reden, trauen uns aber nicht vor die Tür, weil wir stören könnten.

Als die beiden die Haustür zuschmeißen, schleichen wir nach draußen. Wir essen Käsebrote in der Küche, es ist der vorletzte Tag. Eigentlich wollten wir nur bis Stuttgart fahren, aber wir müssen wohl weiter, sonst schaffen wir morgen den Schlenker über das Saarland nicht.

Ab halb elf öffnen die Eisdielen in Memmingen.

Wir sind wie immer ein bisschen langsam. Der gestrige Rekord von 13 Pinocchio-Bechern hängt uns ähnlich schwer in den Knochen wie das Trinken in Leipzig. 13 Becher sind das Maximum – vielleicht kann man auch 15 schaffen, aber das auf gar keinen Fall jeden Tag.

»Die ersten drei Tage sind extrem langsam vergangen«, sagt Christian. »Dann, im Mittelteil, ging alles sehr schnell, aber seit gestern zieht es sich wieder, weil das Ende in Sicht ist.«

Wir packen unsere Sachen ins Auto und gehen durch die Memminger Innenstadt. Im *Eiscafé Venezia* sagt die Bedienung, sie habe Pinocchio von der Karte genommen.

»Wieso?!«, fragen wir.

»Der ist nicht so schön wie die Biene Maja«, sagt sie. »Ich kann euch aber trotzdem einen machen.«

Und dann sagt sie noch: »Eiscafés, die zehn verschiedene Eisbecher für Kinder haben, die tun mir leid.«

Gegenüber, am Weinmarkt, gehen wir zu *Mr. Eis*. Mir ist seit meinem Misserfolg in Zeitz immer ein bisschen seltsam zumute beim Bestellen von Pinocchio, vor allem, wenn wir direkt am Tisch sitzen und uns bedienen lassen.

Mr. Eis trägt eine Rolex Explorer II und einen Gürtel von Hermès. Er ist groß und schlank, die Hose eng, die Sneaker auffällig. Die schulterlangen Haare sind mit viel Gel nach hinten gekämmt. Auf seiner Atemschutzmaske steht »Mr. Eis«.

»Können wir einen Pinocchio-Becher haben, obwohl wir keine Kinder mehr sind?«, frage ich.

»Natürlich, ich mache euch alles«, sagt er.

Da haben wir sie endlich, die beiden Enden der deutschen Pinocchio-Eisbecher-Parabel: Das eine Ende liegt in Zeitz, das andere in Memmingen. Und es sind nicht nur die Enden der deutschen Pinocchio-Eisbecher-Parabel, sondern auch die beiden größten Abstände zwischen Freundlich- und Unfreundlichkeit.

Nur ein paar Meter weiter, im *Dolce Vita*, die nächste große Überraschung: Wir sehen zum ersten Mal das »Dolce Phone«. Ein Eis für Kinder im Handybecher. Das ist es nun, was die Kinder wollen.

Die Fiktion ist tot. Sie wurde ausgelöscht durch ein *zu viel*.

Und das ist es auch, was die Bedienung im *Eiscafé Venezia* meinte. Nicht nur die Eisdielen selbst müssen ihr aufgrund der

Vielzahl an Figuren leid tun, sondern auch die Kinder und deren Unfähigkeit, sich bei der Vielzahl an Angeboten zu entscheiden.

Wir sollten eine Studie durchführen und schauen, wie viele Kinder Pinocchio bestellen und wie viele zum Dolce Phone greifen.

Überhaupt wundert es uns jetzt, dass wir auf der ganzen Reise kein einziges Kind einen Pinocchio haben essen sehen, und dass die Kinder entweder von ihren Eltern die teuren Eisbecher nicht bekommen, oder es sie selbst gar nicht danach verlangt. Die meisten Kinder, die wir bis hierher beobachtet haben, hatten zwei Kugeln auf dem Teller, mit Waffel, mehr nicht. Das Kind wünscht sich Einfachheit, Einfachheit, Einfachheit.

In keiner Stadt haben wir bislang mehr als vier Pinocchios gegessen und deshalb wollen wir Memmingen jetzt auch verlassen. In den letzten drei Eisdielen ist uns viel Wissen übermittelt worden.

Wir machen einen kurzen Umweg zum *Eiscafé Dario*, winken aber ab, als wir sehen, dass sie keinen Pinocchio haben. Im *Eiscafé Dario* sitzt ein älterer Mann mit einem blauen Auge und einem Verband über der Nase. Er schaut traurig und wir nicken ihm nicht zu, schauen nur schnell und gehen weiter. In Eisdielen findet man die traurigsten Leute, wir sehen es immer wieder. Weil Zucker glücklich macht.

In Ulm kaufe ich eine Brezel, Christian etwas mit Käse. Wir ernähren uns schlecht. Und selbst die Nahrungsergänzungsmittel nehmen wir nicht mehr ein, weil sie irgendwo im Chaos des Autos verschwunden sind.

Nach einem Pinocchio-Becher im *Eiscafé De Marco* laufen wir ins *Blautal-Center*. Dort sitzen im asiatischen Restaurant zwei Rentner und essen frittierte Ente. Und wir Pinocchio-Eis im *Eis Café Gelato Veneto*.

Wir spüren eigentlich nichts mehr.

Wir wissen, dass wir aus der Situation nicht mehr herauskommen, bis das alles zu Ende ist. Wir machen jeden Tag dasselbe, wir haben uns von Anfang an gefangen gefühlt.

In Stuttgart sind wir mit Vincent am Marienplatz verabredet. Wir setzen uns in ein Eiscafé mitten auf dem Platz und werden dort an der Nase herumgeführt. Erst will uns die Bedienung keinen Pinocchio machen, dann sagt sie, sie habe gar keinen da, dann will sie auf einmal doch.

Als wir ihr dann nach drinnen folgen, weil sie draußen nicht bedienen darf, sagt sie wieder, es sei nur ein Spaß gewesen, sie würde drei erwachsenen Männern doch keinen Pinocchio-Becher machen. Sie sagt das aber gespielt, weil die Chefin seltsam über die Theke schaut. Ihre Augen sagen: »Ich würde ihn sofort machen, wenn die Chefin nicht da wäre.«

»Wir haben nur Qualitätseis«, sagt die Chefin.

Aber sie versteht nicht, dass das eine mit dem andern nichts zu tun hat.

Dann beginnt eine wahre Odyssee durch die Stuttgarter Innenstadt. Überall gibt es nur »Qualitätseis«, und erst nach dem vierten Versuch finden wir mitten in einer Fußgängerzone ganz klein eine Pinocchio-Darstellung auf einer riesigen Eiskarte über dem Café. Christian bestellt ihn und löst einen Streit aus. Die Chefin schaut ihrer Mitarbeiterin beim Herstellen des Pinocchio über die Schultern. Dann geht sie nach draußen und prüft, wie der Pinocchio auf der Eiskarte aussieht. Schließlich kommt sie zurück ins Eiscafé, schreit auf Italienisch, nimmt der Herstellerin des Pinocchios den Pinocchio aus der Hand und schmeißt ihn wutentbrannt in den Müll.

»Der Pinocchio wurde also in den Müll geschmissen?«, frage ich Christian, als er es mir erzählt – und es sticht ein wenig im Bauch, und dort, wo das Herz ist.

»Und dann hat sich Vincent auch noch Malaga gewünscht, und deshalb haben sie komisch geschaut und gefragt: *Malaga für ein Kind? Da ist Alkohol drin.* Und ich habe gesagt: *Ist doch nicht viel Alkohol drin.*«

Vincent isst das Eis wie eine Mischung aus Kind und Erwachsenem. Dass wir durch ganz Deutschland fahren und alte Freunde treffen und ihnen Pinocchio-Eisbecher kaufen, das ist schön, finden wir und sind froh, Vincent beim Essen beobachten zu können.

Danach haben wir aber wieder kein Glück. Insgesamt laufen wir in Stuttgart sieben Eisdielen ab, und nur eine einzige hat den Pinocchio. Wir treffen Freunde von Vincent. Jedes Mal müssen wir stehenbleiben und kurz erzählen, was wir machen. Vincent schaut alle an und lacht.

In der *Old Bridge Gelateria* gibt es offenbar das beste Speiseeis Deutschlands, aber sie haben keinen Pinocchio-Becher. Sie werden auch niemals einen haben, weil hier alles aus Gold und Marmor ist und die Wände mit Flatscreens behängt sind – das finden wir, zumindest in unserer Situation, fast genauso schlimm wie das Dolce Phone in Memmingen.

Vincent ist traurig darüber, dass wir noch weiterfahren wollen und wir schlagen ihm vor, dass wir über die Dörfer nach Pforzheim fahren – noch ein paar, vielleicht fünf oder sechs Portionen essen und fotografieren –, und dann zu ihm zurückkommen und die Nacht in Stuttgart verbringen.

Er ist einverstanden.

»Wir kommen zurück«, sagen wir. »Vielleicht um 21:00 oder um 22:00 Uhr.«

Wir fahren über Leonberg und essen dort zwei Pinocchios im *Giulia Ice & More* und im *Eiscafé Stefanello*. In fast jeder Eisdiele gehen wir aufs Klo, um uns die klebrigen Hände zu waschen. Die Eiskarten sind immer mit einer dünnen, abblätternden Schicht Plastik überzogen, die extrem verklebt ist. Auf unseren Handys sind Eisflecken, die Bildschirme sind schmierig, unsere Hosen und Hemden sind voller Vanille.

In Renningen bestelle ich bei einem wahrscheinlich erst vor ein paar Minuten neu angestellten Schüler einen Pinocchio, den er unter nervösem Lachen zusammenschustert. Er setzt die Kugeln, was sehr ungewöhnlich ist, nebeneinander – als Augen. Dann schmiert er mit Flüssigschokolade einen grinsenden Mund über die Kugeln.

Ich esse es, weil es Fruchteis ist.

Eine Fortsetzung dieser Technik finden wir wenig später in Friolzheim – dem Pinocchio-Höhepunkt unserer Reise. Der Inhaber der *Gelateria Gioia*, ein alter Italiener, sagt, er habe seit Jahren keinen Pinocchio mehr gemacht, weil die Kinder nicht so sehr darauf ansprechen. Er hat aber trotzdem den typischen Pinocchio-Teller da: mit Hut, Schleife und Haaren.

Als er uns sein Kunstwerk hinstellt, sind wir sehr glücklich, so glücklich wie selten auf dieser Reise.

»Endlich hat mal jemand diesen Teller begriffen!«, sagt Christian zu mir.

Es ist das erste plastisch in die Form des Tellers hineingearbeitete Gesicht. Die Kugeln, wie zuvor schon vom Lehrling in Renningen angedeutet, liegen nebeneinander, die Augenbrauen sind aus schmalen Apfelstreifen auf die Kugeln gesetzt, und die Waffel schießt uns lügend als Nase entgegen.

»Was kostet der?«, fragt Christian

»Fünf Euro«, sage ich.

»Wir geben ihm mehr – wir geben ihm das Doppelte. Er bekommt fünf Euro Trinkgeld. Wir geben ihm zehn Euro.«

Als wir an der Theke stehen und uns überschwänglich für das Meisterwerk bedanken, drücken wir ihm wirklich zehn Euro in die Hand und er freut sich, lacht und ist gerührt.

»Sie haben das verstanden, als erster und wahrscheinlich einziger in Deutschland«, sagen wir. »Können wir ein Foto von Ihnen machen?«

»Ja, warum nicht«, sagt er und setzt seine Maske ab.

»Das war schön«, sagen wir.

Alle winken uns und wir laufen motiviert zum Auto, um nach Pforzheim zu fahren.

Auf dem Weg nach Pforzheim besprechen wir – noch immer in Ekstase – die Schönheit dieses Pinocchios, die in ihm steckende Mühe und Leidenschaft, und wir sind seit langem einmal wieder überzeugt von der Spezies Mensch.

Wir parken in Pforzheim in der Tiefgarage am Stadttheater. Die Stimmung ist gut – die abendlichen Fußballspiele werden bald angepfiffen.

Die Bedienung im Pforzheimer *Eiscafé Venezia* sagt: »Ihr verarscht mich nicht? Mit Pink und Streuseln und allem Drum und Dran?«

Und wir sagen: »Ja, bitte.«

Wir bestellen noch Bier dazu und warten. Das Eis dauert länger als üblich. Wir sind ungeduldig, dabei sind alle Plätze belegt, weil gleich Italien gegen Belgien spielt, und deshalb ist die Wartezeit ganz einfach zu erklären.

»Ich geh rein und frage«, sage ich. »Ich glaube, sie dachten, dass wir sie verarschen, weil wir Bier dazu bestellt haben.«

Die Hast, die wir bei allem, was wir tun, verspüren, ist furchtbar. Die Energie für andere Dinge ist vollkommen verlorengegangen in den letzten Tagen. Alles ist uns gleichgültig, nur Pinocchio nicht.

Als ich die Eisdiele mit Maske betrete, kommt mir die Bedienung mit dem Pinocchio-Eis bereits entgegen. Ich drehe mich um 90 Grad und tue so, als würde ich die Toiletten suchen. Ich gehe die Treppen nach unten und stöhne, dann wasche ich mir die Hände, stehe ein bisschen vor dem Spiegel herum und gehe wieder nach oben.

Ich beobachte Christian dabei, wie er den Pinocchio isst. Dann bemerke ich, wie er plötzlich anfängt, Fingernägel zu kauen, was ich in den 20 Jahren unserer Freundschaft noch nie beobachtet habe.

»Du bist nervös«, sage ich.

»Ich säubere meine Nägel«, sagt er.

»Warum?«

»Ich beobachte den echten Christian Metzler.«

Der *echte* Christian Metzler wohnt in Pforzheim, heißt genauso wie Christian, hat aber eine Glatze, einen langen Bart, haufenweise Tattoos, ist Fotograf, hat eine Sonnenbrillensammlung und einen Dackel.

Christian glaubt, der andere Christian Metzler sei cooler als er, deshalb nennt er ihn den *echten* Christian Metzler.

»Ich habe gerade die Stories vom echten Christian Metzler auf Instagram angeschaut«, sagt Christian. »Er ist hier in der Nähe, im *Restaurant Rodensteiner*.«

Christian schaut mich an: »Ich glaube, heute treffen wir den echten Christian Metzler.«

Wir zahlen und springen auf, wir winken der Bedienung zum Abschied, sie lächelt und schüttelt ein bisschen den Kopf.

Wir überqueren die Enz und sind nach einer Viertelstunde im *Rodensteiner*.

»Ich gehe rein und frage«, sage ich.

»Wir suchen jemanden. So einen Typ mit Glatze und langem Bart«, erkläre ich den Mitarbeitern des Restaurants.

»Du kannst hinten schauen«, sagt eine Kellnerin und zeigt in den Garten.

Ich setze meine Brille auf, gehe in den Garten und blicke mich um – er ist nicht da.

»Er ist nicht da«, sage ich und verlasse das Restaurant.

»Moment«, ruft von hinten die Kellnerin. »Meinst du den Metzler? Der ist vor 20 Minuten gegangen.«

»Nein, der ist doch hier«, sage ich und zeige durch die offene Tür auf Christian, der draußen wartet, und lache ein bisschen, aber dann klären wir die Kellnerin über unseren missglückten Überraschungsbesuch auf.

Wir gehen zurück in die Einkaufsstraße, aber es dauert lange, weil Christian jetzt dem echten Christian schreibt und beim Laufen immer stehenbleiben muss. Er erklärt ihm, dass wir ihn überraschen wollten und verspricht ihm ein Buch.

Ob sich die beiden jemals sehen werden?

Wir setzen uns ins *Eis Café Rialto*, direkt gegenüber vom *Eiscafé Venezia*, das wir eine halbe Stunde zuvor verlassen haben. Die beiden Cafés liegen sich wirklich direkt gegenüber und es ist uns ein bisschen peinlich, dass wir vom *Venezia* dabei beobachtet werden, wie wir jetzt Pinocchio-Eis im *Rialto* essen. Aber beide Eisdielen sind komplett belegt, hier ist die Konkurrenz wohl sonst eher schwach.

Vincent ruft an und fragt, wann wir kommen. Wir erzählen ihm von unserer Suche. Dann stöhnen wir und lehnen uns zurück – das Wochenende beginnt und wir geben uns wieder dem Rausch aus Gleichgültigkeit hin.

»Komm, wir gehen«, sage ich ein paar Minuten später.

Christian muss fahren, ich sehe in der Dämmerung schlecht. Wir fahren über die A8 zurück nach Stuttgart. Der erste Weg, den wir zwei Mal fahren.

»Ein Cowboy geht niemals denselben Weg zurück«, sage ich.

Die Sonne fällt, es ist hochsommerlich.

Kurz vor Stuttgart fahren wir durch dichten Wald wie in Kanada, wild und grün.

Wir fahren durch einen Tunnel und biegen dann nach links ab. Wir überqueren Straßenbahnschienen, drücken das Auto auf einen Hügel hinauf und parken auf dem Parkplatz einer Kirche. Rechts an der Straße stehen einzelne Wohnhäuser, links befinden sich die Endstation und das Depot der Straßenbahn sowie kleine Fabrikhallen. Es ist angenehm kühl in den südlichen Hügeln von Stuttgart.

Wir laufen die Straße hinauf, dort wird es immer dunkler. Wir hören Feuer knistern, öffnen eine kleine Gartentür neben einer Garage und gehen Steinstufen hinauf zum Grundstück. Dort sitzt Vincent im Feuerschein mit Freunden im Garten, und alle wissen Bescheid. Sie wohnen gemeinsam im Haus eines Architekten.

Es zerrt einerseits an den Kräften, allen zu erklären, warum wir *das* tun, andererseits geben uns die Reaktionen die nötige Energie, die wir brauchen, um am nächsten Tag weiterzumachen.

Wir sprechen über den toten John McAfee und darüber, dass wir keine Kinder haben und es nichts Besseres gibt, um den Planeten zu retten. Wir sind heilig und müssen selbst weiter Kinder sein und das Pinocchio-Eis selber essen.

Kleine glühende Holzstückchen fliegen uns in den Schoß, wir trinken Dosenbier. Wir gehen hinunter zur Tankstelle und kaufen BiFi-Roll für die Klimaaktivisten, die zusammen mit Vincent das Haus bewohnen, und wir kaufen uns noch mehr Dosenbier.

Später schläft Christian auf der Isomatte in einem freien Zimmer und ich lege mich zu Vincent ins Bett.

SAMSTAG
3. Juli 2021

Heute tritt das Einwegplastik-Verbot in Kraft, wir sind gespannt. Allerdings darf man Plastikgeschirr, das man im Lager hat, noch aufbrauchen.

Ich stehe auf, ohne Vincent zu wecken, und gehe hoch zu Christian, der schon wach ist. Wir können los.

»Ich dusche nicht«, sage ich.

»Ist ok, das ist das erste Mal, du hast noch Kredit«, sagt er.

Das ganze Haus schläft, der Architekt und die Studenten, und die Tür des Klos, das halb rund ist wie in einem Regionalexpress, steht offen.

Wir haben uns noch nie so sehr nach dem Abend gesehnt wie jetzt, am Samstagmorgen im südlichen Stuttgart.

Wir gehen zum Auto. Dort angekommen merke ich, dass ich meine Brille vergessen habe.

Ich gehe zurück in Vincents Zimmer, finde die Brille gleich, wir lachen. Ich werfe Vincent noch eine Kusshand zu und schließe leise die Tür.

Es ist wieder heiß geworden.

Ich schaue an mir herunter und hebe mein T-Shirt hoch, ich habe abgenommen. Das ständige Zuckerwasser und sonst nichts und das Herumlaufen haben dazu beigetragen.

Wir fahren ungefähr anderthalb Stunden am Stück, was viel ist. In Pirmasens besuchen wir die Trümmer der umfunktionierten US-Kasernen, in denen Christian während seines später abgebrochenen Logistik-Studiums einmal gewohnt hat.

Christian erzählt mir von einem Dozenten, der sein Lebensumfeld auf einen Radius von 500 Meter eingeschränkt hatte – von den alten Kasernen (wo er Gras bei Christians Nachbarn kaufte) bis zum Supermarkt und in die Universität, und von da aus wieder zurück ins Haus seiner Großeltern, in dem er wohnte. Nur immer die Straße hoch und runter.

Wir loben ein bisschen diesen Lebensstil.

»Das waren zwei lange Jahre hier, ich hätte das früher abbrechen sollen«, sagt Christian, als wir uns in der Stadt umblicken.

Wir gehen in einen Supermarkt und kaufen Wasser und wegen des Salzes eine kleine Tüte Chips.

Bei *Tugra-Döner* bestellen wir alkoholfreies Bier und Falafel-Teller. Neben uns sitzen kleine, in sich zusammengesunkene und fettleibige Männlein und wursteln Dönerboxen in sich hinein.

Christian sagt: »Mir kommt Deutschland manchmal vor wie eine Blume, die sich nachts schließt. Und dann kleben die Ränder Deutschlands, also der äußerste Osten und der äußerste Westen, aneinander. Und am Morgen geht die Blume wieder auf, die Sonne scheint – alle wachen auf, und Osten und Westen fühlen sich gleich an.«

Wir gehen in der Einkaufsstraße ins *Eiscafe Cappuccino*. Dort setzen wir uns nach hinten, in den sogenannten Sommergarten, zusammen mit vielen anderen Bärmesensern. Die Sonne scheint auf die aufgespannten Schirme, die Wände sind grauweiß verputzt. Drei Paare reden laut über Aperol Spritz und mir wird schwindlig. Wir essen den Pinocchio so schnell wir können und auch Christian sagt: »Weg hier, ich will der Stadt nicht so viel Aufmerksamkeit schenken.«

Wir fahren eine Schleife ins Saarland. Das einzige Bundesland, das uns noch fehlt.

Wir halten auf der Straße nach Homburg zuerst im *Eiscafé Messina*, dann im *Eiscafé Amore.*

»Ihr seid aber nicht diese Leute, die alle Eisdielen abfahren und dann das Eis im Internet schlecht machen«, fragt der Besitzer vom *Eiscafé Amore.*

Wir versprechen ihm eine gute Bewertung und er macht uns dafür ein Pinocchio-Eis aus Banane und Schokolade. Als er es nach draußen trägt, wo wir warten, lachen seine Freunde, die im Eiscafé herumlungern, über seine Skulptur.

Ich esse den Pinocchio. Christian geht es nicht gut, er möchte schnellstmöglich auf eine Toilette, aber sowohl das *Messina* als auch das *Amore* haben keine Kundentoiletten.

»Menschen sind laut und gierig«, sagt er.

Jetzt ist es wirklich dringend.

Wir fahren Richtung Kaiserslautern. Ich versuche, Christian dazu zu überreden, Kaiserslautern zu umfahren, aber er weigert sich. Am *Autohof Ramstein* halten wir auf einem Parkplatz von Burger King. Ich laufe über die Straße, es ist heiß und riecht nach Abgasen von schweren LKWs. Ich gehe zu einem Corona-Testzelt, das hinterm Autohof liegt, logge mich ein, merke, dass ich meinen Ausweis vergessen habe und renne zurück zum Auto. Christian ist weg und hat das Auto abgeschlossen, ich rufe ihn an.

»Ich bin im Autohof, ich bin auf Toilette«, sagt er.

»Ich warte auf dich.«

Als er kommt, sagt er: »Du hast mich im Moment größter Erleichterung angerufen.«

Ich hole meinen Ausweis aus dem Auto und lasse mir im Testzentrum sehr sanft ein Stäbchen in die Nase stecken.

»Das war der angenehmste Corona-Test, den ich bisher hatte«, sage ich und alle im weißen Zelt freuen sich.

In Kaiserslautern wird es unangenehm. Alle rauchen. Wir stehen vor den Eisdielen und warten – der Rauch der Zigaretten dringt durch unsere Masken, die dadurch den ranzigen Geruch alter Kneipen annehmen.

Wir sehen zwei Zwölfjährige rauchen. Und übergewichtige Familien. Wir sehen ein paar verrückt gewordene und von der Ramstein Air Base ausgesonderte amerikanische Soldaten.

Zurück am Auto. Ein Strafzettel klebt hinter seinem Scheibenwischer. Christian wird sie nicht bezahlen, er wird es verpassen, und dann wird alles nur immer teurer. Es ist der dritte Strafzettel auf unserer Reise. Einen hatten wir in Ulm, einen in Donauwörth und den dritten hier in Kaiserslautern.

Ich zähle die Scheine.

»Wir haben noch 150 Euro«, sage ich.

Weiter nach Alzey, wo wir alkoholfreie Biere trinken und einen Pinocchio essen. Als wir uns setzen, schauen sie uns kurz an, dann schauen sie nicht mehr.

Auf der Höhe von Mainz biegen wir von der Autobahn ab und auf den Lerchenberg. Zwischen den Hochhäusern essen wir im *Eiscafé Cortina* unseren 87., 88. oder 89. Pinocchio – wir wollen sie erst ganz am Ende unserer Reise zählen.

Wir schleppen uns durch die Hitze. Wir fahren langsam Auto, aber konzentriert. Wir schauen nur noch selten auf unsere verklebten Handys.

Wenig später sind wir in Frankfurt und staunen über das Autobahnnetz, das in ganz Deutschland nicht so schön um eine Großstadt herumführt wie hier.

In Frankfurt-Sindlingen zeigt Christian mir das *Haus Sindlingen,* die Halle im brutalistischen Stil, in der die Metalband Sodom 1984 mal gespielt hat.

Christian liebt Sindlingen, weil dort alles durcheinander ist und nichts zusammenpasst.

Der Pinocchio-Becher im *Eis-Café De Gasperi* kommt mit Kiwisoße und Amaretto-Keksen und beschert viele Geschmacksexplosionen – er ist einer der besten unserer Reise.

Wir fahren danach ins *NordWestZentrum* und nicht in die Frankfurter Innenstadt.

Das in Frankfurt-Nordweststadt liegende *NordWestZentrum* ist das Einkaufszentrum unserer Jugend. Einmal war Christian dort gefangen, als er mir einen Gutschein zum Geburtstag kaufen wollte. Er hatte sein Portemonnaie zu Hause vergessen und deshalb kein Geld für den Parkautomaten im Parkhaus. Dort stand nun der BMW und konnte nicht befreit werden. Christian musste mit Apple Pay drei Dosen Red Bull kaufen, austrinken, und die Dosen zusammen mit einer im BMW gefundenen Wasserflasche im Pfandautomat abgeben, um sich mit einem Euro aus dem Parkhaus freikaufen zu können.

Wir wählen einen besonderen Weg über den hinteren Teil der Tiefgarage. In der Mall herrscht immer Hitze, weil die Dächer wie in einem Treibhaus aus Glas bestehen. Das *Corso Eis-Cafe* hat nur eine abgespeckte Corona-Auswahl und deshalb auch keine Zutaten für Pinocchio. Man entschuldigt sich bei uns.

Wir gehen zurück zum Auto und sind mit unseren Kräften langsam am Ende.

Wir fahren ins Frankfurter Neubaugebiet Riedberg. Im *La Piazza* gibt es Pinocchio. Wir sitzen in der Hitze und einer von uns isst das Eis. Wir blicken uns um. Dicke, schwarze Hunde liegen unter den Stühlen ihrer Herrchen. Japanische Pärchen laufen Hand in Hand am Café vorbei. Es ist Samstagabend und heiß und nichts passiert.

Wir sind entkräftet und reden nicht mehr miteinander.

Wir spüren trotzdem ein bisschen Wehmut – aber viel mehr Müdigkeit.

Wir setzen uns zurück in den BMW, die Sonne färbt den Himmel über dem Taunus orange, ein paar Minuten hinter Riedberg sind wir wieder zu Hause.

»Zum Abschluss noch einmal einen in der *Gelateria Tesoro*«, sagen wir.

Das haben wir uns lange überlegt. Es war uns erst zu kitschig, aber jetzt sind wir stolz auf uns und es ist uns egal.

In der *Gelateria Tesoro* sitzen große Familien und erzählen sich sommerliche Geschichten.

Wir zählen. Wir haben in neun Tagen 91 Pinocchio-Eisbecher in 125 Eisdielen geschafft.

Jetzt werden wir warten, bis es entweder jemand besser macht, oder wir werden für immer die einzigen auf der Welt bleiben, die so gut waren.

Wir sind in den letzten neun Tagen insgesamt 2.528 Kilometer gefahren – exakt so viel, wie wir von Oberursel nach Rom und zurück gebraucht hätten.

Wir sind froh darüber, dass sich keine Mikroorganismen in unseren Körpern breit gemacht haben.

Wir fahren zu Christian, packen die Sachen um, dann fährt er mich nach Hause.

Wir umarmen uns ein bisschen länger als notwendig. Als hätten wir etwas Großes vollbracht. Aber vielleicht war alles nur Zeitverschwendung und jetzt kommt bald wieder der tägliche Trott.

Wir winken uns zu. Wir sehen uns bald wieder. Wir sind traurig und glücklich gleichzeitig und die ganze Zeit.

Christian muss in Großprojekten der Automobilindustrie ab übermorgen wieder Kostenmodelle für Fahrzeugkomponenten erstellen.

Und ich diesen Bericht schreiben.

Eiscafe
werktag von 6-9h
Be.-u. Entladen frei

LISTE DER 125 BESUCHTEN EISDIELEN

Im Folgenden werden alle besuchten Eiscafés aufgelistet – auch solche, in denen es den Pinocchio-Eisbecher nicht gab oder man ihn für erwachsene Gäste nicht »bauen« wollte. Ebenfalls befinden sich alle geschlossenen oder sich gerade im Umbau befindlichen Eisdielen in der Liste.

In der Regel wurde für die Eisdielen in der nachfolgenden Auflistung und im Text von Leonhard Hieronymi die korrekte Schreibweise »Eiscafé« benutzt. Es sei denn, das Namensschild der jeweiligen Eisdiele wies eine andere Schreibweise auf.

TAG 1

Oberursel, *Gelateria Tesoro,* Adenauerallee 18
Oberursel, *Eiscafé Cortina,* Vorstadt 1
Oberursel, *Eiscafé Corona,* Hohemarkstraße 137
Kronberg, *Eiscafé San Marco,* Kirchgasse 1
Königstein, *Eis Dolomiti,* Hauptstraße 24
Königstein, *Eiscafé Italia,* Georg-Pingler-Straße 3
Bad Camberg, *Eisgalerie,* Marktplatz 7
Limburg, *Eiscafé Venezia,* Kornmarkt 10
Koblenz, *Eiscafé Brustolon am Bahnhofplatz,* Bahnhofplatz 1

Koblenz, *Eiscafé La Luna,* Hohenfelder Straße 22
Koblenz, *Eiscafé Dolce Vita,* Löhrrondell 5
Köln, *Eiscafé Dolce & Gelato,* Pfeilstraße 51
Köln, *Ice Cream United,* Brüsseler Straße 71

TAG 2

Köln, *Eiscafé Breda,* Pfeilstraße 2
Köln, *Eiscafé Tentazioni,* Neumarkt 18 a
Köln, *Eiscafé Raffaello,* Am Hof 28
Düsseldorf, *Eiscafé La Luna,* Rathausufer 11
Düsseldorf, *Eis-Cafe Roma,* Berger Straße 31
Düsseldorf, *Eis-Cafe Pia,* Kasernenstraße 3
Düsseldorf, *Eiscafe Dante,* Burgplatz 29
Duisburg, *Eiscafé Panciera,* Königstraße 24
Duisburg, *Eiscafé Tiziano,* Franz-Lenze-Platz 43
Duisburg, *Eiscafé Crema,* Kuhstraße 16
Duisburg, *Eiscafé Bocconcino,* Königstraße 39
Gelsenkirchen, *Eiscafé Graziella,* Ebertstraße 9
Gelsenkirchen, *Eis-Café Mercuri,* Neumarkt 2
Bochum, *Eiscafe Europa,* Saarlandstraße 3
Bochum, *Eis-Cafe Venezia,* Hochstraße 9

TAG 3

Münster, *Eiscafé Firenze,* Königsstraße 12
Münster, *Schlecks Münster,* Verspoel 20
Münster, *Adria Eiscafé,* Engelstraße 33
Vechta, *Gelateria Venezia,* Große Straße 80

Vechta, *Gino's Café,* Klingenhagen 20
Vechta, *Piazza Dolce Vita,* Markt 8
Visbek, *Eiscafé Colle,* Hauptstraße 23
Wildeshausen, *Eiscafe Capri,* Westerstraße 20
Delmenhorst, *Dolce Vita Eiscafé,* Oldenburger Straße 123
Bremen, *Mini Eiscafé Mario,* Stavendamm 11
Bremen, *Eiscafé Venezia an der Schnoortreppe,* Balgebrückstraße 20
Bremen, *Gelateria e Panini Da Ros,* Tiefer 15–16
Bremen, *Eiscafé Panciera,* Ostertorsteinweg 73
Hamburg, *Eis Livotto,* Eppendorf

TAG 4

Hamburg, *Eiscafé Veneto im Billstedt Center,* Möllner Landstraße 3
Reinbek, *Eiscafé Veneto,* Bergstraße 3
Wittenburg, *Eiscafé Racing,* Wölzower Weg 15 a
Ludwigslust, *Janny's Eis,* Schloßstraße 39
Ludwigslust, *Tutti Gusti,* Schloßstraße 18
Ludwigslust, *Eiscafe Rudolfo,* Käthe-Kollwitz-Straße 2
Neuruppin, *Paolo Zambon Eisdiele,* Karl-Marx-Straße 49
Neuruppin, *Polly's Eisdiele,* Karl-Marx-Straße 82
Neuruppin, *il Gelato Eiscafé,* Karl-Marx-Straße 87
Berlin, *Eissalon tanne B,* Eisenbahnstraße 48
Berlin, *Eis Lanzano,* Skalitzer Straße 94 a
Berlin, *Eis Azzurra,* Kottbusser Damm 1

TAG 5

Potsdam, *Eiscafé Venezia am Bassin,* Am Bassin 10
Potsdam, *Eismanufaktur Potsdam,* Brandenburger Straße 67
Potsdam, *Das Eis,* Brandenburger Straße 70
Potsdam, *Eiscafé Amalfi,* Brandenburger Straße 18
Lutherstadt Wittenberg, *Eis-Caffè Dolce Vita,* Collegienstraße 11
Lutherstadt Wittenberg, *Eiscafé San Marco,* Schlossstraße 33
Lutherstadt Wittenberg, *Schlosspavillon Café Wittenberg,* Schlossplatz 6
Kemberg, *Eiscafé Adam,* Markt 11
Bad Düben, *Eiscafé Sicilia,* Markt 4
Bad Düben, *Café Paradeplatz,* Paradeplatz 12
Bad Düben, *Marys Eisparadies,* Brunnenstraße 13 a
Leipzig, *Gusto Italiano Eiscafé,* Grimmaischer Steinweg 15 a
Leipzig, *NiceCream,* Nikolaistraße 20
Leipzig, *Dolce Freddo Eismanufaktur,* Willy-Brandt-Platz 7

TAG 6

Elsteraue, *Zur Eisscholle,* Leipziger Straße 129
Zeitz, *Eiscafé Millenium,* Neumarkt 6
Zeitz, *Eisdiele Härlein,* Altmarkt 15
Zeitz, *Darys Eis,* Wendische Straße 15
Gera, *Eiscafé Fabio Gelato,* Zeitzer Straße 36
Bindlach, *Eiscafé San Marco,* Lehengraben 2
Bayreuth, *eis cafe Venezia,* Maximilianstraße 49
Bayreuth, *EIS/BAR,* Maximilianstraße 22
Bayreuth, *Eiscafé Il Gelato,* Maximilianstraße 16
Bayreuth, *Eis Opera,* Opernstraße 9
Nürnberg, *Campo Eis,* Schnieglinger Straße 245

TAG 7

Zirndorf, *Eiscafé Mosena,* Nürnberger Straße 4
Roth, *Bäcker Schmidt Cafe,* Ostring 4
Roth, *Eiscafé Primavera,* Hauptstraße 36
Roth, *Eis Cafe Cortina,* Willy-Supf-Platz 9
Weißenburg, *Eiscafé Casa Reina,* Nördliche Ringstraße 37
Weißenburg, *Eiscafé Venezia,* Luitpoldstraße 11
Weißenburg, *Eis Café Dolomiti,* Rosenstraße 5
Weißenburg, *Eiscafé Rialto,* Untere Stadtmühlgasse 4
Donauwörth, *Eiscafe Venezia,* Spitalstraße 5
Donauwörth, *Cafe Raffaello,* Fischerplatz 1
Donauwörth, *Gelatissimo,* Hindenburgstraße 24
Donauwörth, *Eis Cafe Lorenzo,* Münsterplatz 2
Augsburg, *Dolomiti Eiscafé,* Bürgermeister-Aurnhammer-Straße 20
Memmingen, *Otto's Eiscafé,* Roßmarkt 4

TAG 8

Memmingen, *Eiscafé Venezia,* Weinmarkt 14
Memmingen, *Mr. Eis,* Weinmarkt 7
Memmingen, *Dolce Vita,* Kramerstraße 39
Memmingen, *Eiscafé Dario,* Kalchstraße 11
Ulm, *Eis Galerie,* Sedelhofgasse 13
Ulm, *Eiscafé De Marco,* Kapellengasse 24
Ulm, *Eis Café Gelato Veneto,* Blaubeurer Straße 95
Stuttgart, *Eiscafé La Luna,* Marienplatz 20
Stuttgart, *Gelateria Kaiserbau,* Marienplatz 14
Stuttgart, *Claus Eismanufaktur & Deli,* Tübinger Straße 41
Stuttgart, *Eiscafé Mario Gerber,* Sophienstraße 21

Stuttgart, *Eiscafé Venedig,* Königstraße 66
Stuttgart, *Eiscafé Santin,* Büchsenstraße 10
Stuttgart, *Old Bridge Gelateria,* Eberhardstraße 31
Leonberg, *Giulia Ice & More,* Römerstraße 74
Leonberg, *Eiscafé Stefanello,* Leonberger Str. 113
Renningen, *Café ELLYS,* Bahnhofstraße 3/1
Friolzheim, *Gelateria Gioia,* Pforzheimer Straße 18
Pforzheim, *Eiscafé Venezia,* Blumenstraße 18
Pforzheim, *Eis Café Rialto,* Blumenstraße 11

TAG 9

Pirmasens, *Eiscafe Cappuccino,* Hauptstraße 10
Homburg, *Eiscafé Messina (Vincenzo Nasisi Eiscafé),* Einöder Straße 51
Homburg, *Eiscafé Amore,* Ringstraße 4
Kaiserslautern, *Eiscafe San Marco,* Marktstraße 39
Kaiserslautern, *Eiscafe Dolomiten,* Schillerstraße 2
Kaiserslautern, *Gelateria La Luna,* Fackelrondell 1
Kaiserslautern, *Eiscafé Rialto,* Mühlstraße 5
Alzey, *Eiscafé Milano,* Hospitalstraße 32 a
Mainz, *Eiscafé Cortina,* Hindemithstraße 19
Frankfurt am Main, *Eis-Café De Gasperi,* Richard-Weidlich-Platz 7
Frankfurt am Main, *Corso Eis-Cafe,* Tituscorso 6
Frankfurt am Main, *La Piazza,* Riedbergplatz 4
Oberursel, *Gelateria Tesoro,* Adenauerallee 18

STATISTISCHE ERGEBNISSE

2,40 € Günstigster Pinocchio-Eisbecher
(*Janny's Eis,* Ludwigslust)

6,00 € Teuerste Pinocchio-Eisbecher
(*Eis Azzurra,* Berlin; *Cafe Raffaello,* Donauwörth)

375,35 € Gesamtpreis aller 91 Pinocchio-Eisbecher

4,12 € Durchschnittlicher Preis eines Pinocchio-Eisbechers

Bei Pinocchio-Eisbechern am häufigsten verwendete Geschmackssorten: Vanille, Erdbeere
(Mögliche Variationen: Schokolade, Banane, Zitrone, Himbeere)

14 (11 %) Anzahl der Eisdielen auf der Reise, die *Venezia, Venedig* oder *Veneto* hießen

5 (4 %) Anzahl der Eisdielen auf der Reise, die *Dolce Vita* hießen

4 (3 %) Jeweils Anzahl der Eisdielen auf der Reise, die *San Marco* oder *Dolomiti* hießen

98 % Anteil der Pinocchio-Eisbecher, die einen Eiswaffelhut trugen

53 % Anteil der Pinocchio-Eisbecher, deren Nase aus dem unteren Ende einer Eiswaffel bestand

92 % Anteil der Pinocchio-Eisbecher, die Schokolinsen als Augen hatten

73 % Anteil der Pinocchio-Eisbecher im herkömmlichen Eisbecher

64 % Anteil der Pinocchio-Eisbecher im Kindereisbecher-Design an den herkömmlichen Eisbechern

27 % Anteil der Pinocchio-Eisbecher zum Mitnehmen

9 % Anteil der Pinocchio-Eisbecher mit kleiner Beilage in Form von Lutschern oder Fruchtgummis

10,11 Durchschnittlich pro Tag verspeiste Pinocchio-Eisbecher

13 Höchste Zahl pro Tag verspeister Pinocchio-Eisbecher

8 Niedrigste Zahl pro Tag verspeister Pinocchio-Eisbecher

125 Anzahl der insgesamt besuchten Eisdielen

16 Anzahl der insgesamt besuchten Bundesländer

1 Anzahl der Eisdielen, in denen zwei Pinocchio-Eisbecher gegessen wurden (jeweils zu Beginn und zum Ende der Reise in der *Gelateria Tesoro* in Oberursel)

90 Anzahl der Eisdielen, in denen Leonhard Hieronymi und Christian Metzler einen Pinocchio-Eisbecher erhielten

35 Anzahl der Eisdielen, die entweder Ruhetag, Betriebsferien, keine Ahnung oder keine Lust hatten, einen Pinocchio-Eisbecher herzustellen

9 Dauer der Reise in Tagen

2.528 km Länge der auf der Reise zurückgelegten Strecke

45,00 € Summe der auf der Reise erhaltenen Strafzettel

73,50 € Summe der auf der Reise erhaltenen Strafzettel nach einer Mahnung der Stadt Donauwörth (Stand 6. September 2021)

Stuttgart Pinocchioeisbecherfeindlichste Stadt der Bundesrepublik Deutschland (in lediglich einer von sieben besuchten Eisdielen war es möglich, einen Pinocchio-Eisbecher zu erwerben)

Dolce Vita

WIR DANKEN

Unserem Freund Ferdinand für die Begleitung bis Königstein und die Zusprüche. Unserem Freund Till dafür, dass wir an ihm den ersten erwünschten Effekt beobachten konnten. Unserem Freund Carl und unserer Freundin Johanna für »Überbackene« (wie zu Schulzeiten) und Bier (auch wie zu Schulzeiten). Unserer Freundin Miriam für die Bratkartoffeln, vegetarische Hamburger, Salat und Umarmungen. Unserem Freund Flexi für Kaffee, zu Schwänen gefaltete Handtücher, Stofffische – und für die mit Pascals Paprika Trio (Hof-Gemüse) bestrichenen Brote. Unseren Freundinnen Marie und Luzia für die zwanglose Gesellschaft. Unserer Freundin Ana für die Einweisung in fremde Welten und die Bezahlung des Lexus-Cabs. Unserem Freund Manfred dafür, dass er der einzige Verleger ist dieser Sorte und auf dieser Welt. Unserer Freundin Christine für die Bruschetta, das Pizzabrot und den Salat. Unserem Freund Timo dafür, dass es ihm gelungen ist, die Hässlichkeit des Monstrums in einen Schwan zu verwandeln. Unserer Freundin Sabina für Nudeln mit Pesto und Hühnchen, für die Creme aus Erdbeeren und Bananen, für Käsebrote und Ruhe. Unserem Freund Vincent für selbstgemachte Pizza Margherita und dafür, dass er noch immer Platz Eins der Kategorie »Individuellste Person« aus dem Jahrbuch unserer Schule innehält. Unserem Freund Christopher, der uns viele schöne Stunden und ein leckeres Abendessen in seiner Wohnung in München bereitet hätte.

Unserem Freund in der *Gelateria Gioia* in Friolzheim, der als einziger den Pinocchio-Eisbecher wirklich verstanden hat.

WIR DANKEN NICHT

Alissa. Wegen ihrer voreingenommenen Art und ihrem Mangel an Phantasie.

Leonhard Hieronymi und Christian Metzler

LEONHARD HIERONYMI (* 1987 in Bad Homburg vor der Höhe) studierte Europäische Literatur und Komparatistik in Mainz, sowie Deutsche Literatur in Berlin und Wien. Seine Texte sind bei Hoffmann und Campe, im Korbinian Verlag und bei SuKuLTur erschienen. Sie handeln von neuen literarischen Schreibformen, Friedhöfen, Jodie Foster – und hier zum ersten Mal von Speiseeis.

Foto: Christian Metzler

CHRISTIAN METZLER (* 1987 in Bad Homburg vor der Höhe) studierte Wirtschaftsingenieurwesen mit Schwerpunkt Maschinenbau und ist als Analyst in der Automobilindustrie tätig. Er ist der beste Pinocchio-Eisbecher-Esser der Welt und der zweitbeste Christian Metzler im Bereich der Fotografie.

Herausgeber
Manfred Rothenberger

Lektorat
Manfred Rothenberger

Gestaltung
Timo Reger, Nürnberg

Texte
Leonhard Hieronymi

Fotografien
Christian Metzler

Schriften
Futura, Noe

Papier
Fly 06, 115 g/m^2

Herstellung
Westermann Druck Zwickau GmbH

Buchhandelsvertrieb
VfmK Verlag für moderne Kunst
GmbH, Wien
www.vfmk.org

© Fürth 2021, starfruit publications,
Leonhard Hieronymi und
Christian Metzler

www.starfruit-publications.de

All rights reserved
Printed in Germany
ISBN: 978-3-922895-48-0